U0022658

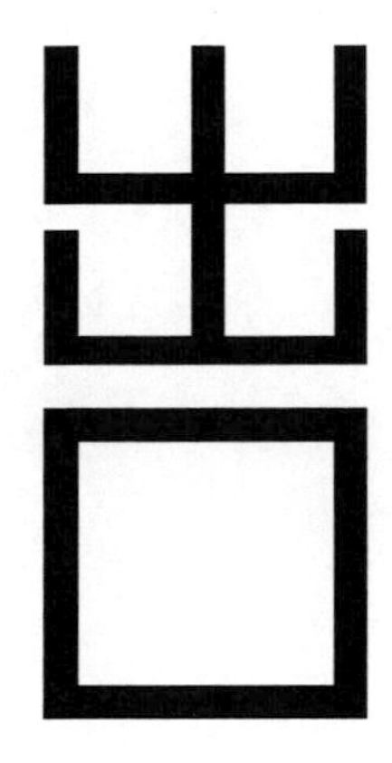

THE EXIT

張玉芸——著

自序

這是我的第一本書，對我個人而言意義深遠。本書紀錄從二〇〇六年到二〇一一年之間寫下來的生活插曲與感想。閱讀這些文字時，彷彿再次走過這幾年來的空間與時間。文字落實抽象的情感，書寫則刻畫成長的形狀。回首來時路，不免有所感嘆。

欣賞畫作時，我們習慣性的保持某種距離，有人說退後一公尺二十公分是感受一幅畫整體美感的最佳距離。那麼，關於人生這幅風景畫，又該以如何的距離去欣賞呢？曾經，我以五年為一個單位，審視自己的生活進度。而這本書剛好剪貼了自己這五年來，身體和心靈一路行走過來的身影與蹤跡。

對於生命這幅畫，我想，無論以如何的距離來觀賞，只要是從感恩的角度望過去時，放眼所見的視野皆屬獨特與美好。

張玉芸　於二〇一二年　夏天

目次

窗口 當我推開窗戶，風景於是來訪

大地

從前

有沒有人跟我一樣，喜歡閱讀從前

人生的畫面

有時候是一種氣味，一張似曾相識的臉，一個不經意的轉彎，一首熟悉的曲調，甚至只是一陣迎面而來的微風，她們瞬間化為一只風箏，隨意牽迤拉扯出遠方的一處寂靜角落。仔細循著這條細微線索，一路追溯過去時，這時而穩直又忽然顫抖的一條直線，便隨著風兒飄搖不定，隨意灑落出一件件塵封的往事。她們一片一片地散開來，在陽光下閃耀光芒。於是風景衍生情節，情節形成故事，故事透露細節，細節又折射出更多的細節。然後頓悟強如陽光照耀，才清清楚楚的明瞭，原來時光未曾真正告別。度過的光陰宛如巨輪轉動，而碾過的歲月早已成就了一幅一幅美麗的浮水印。縱使時光流逝，這些獨特的印記，早已烙印牢固，難以磨滅。

最近在一個偶然機會裏，拜訪雀克貝里鎮上的一家建築師事務所。雙腳踩進室內的瞬間，我的目光隨即被那一塊熟悉的建築製圖桌面網羅住，白色桌面如同明鏡一般，呈現出一幅畫面，那是自己曾經走過的一段青澀歲月。

學生生涯並不開心，特別是三年的國中生活。當時被濃濃的升學主義緊密包裹，全然沒有飛揚的青春氣息，回想起來就是厚重的書包，無止境的考試，同學間的爭競排名，以及每日每夜的沉重緊張心情。特別是在所謂的升學班裏，我們所有的課程全部以升學為主，生活充斥的只有那些永遠不明白的數學理化公式，以及足以把整個腦袋填滿的教科書與參考書。當時年輕，只能依附著那樣的課程表生活，溫馴接收老師們的所有教導，雖然時常感到呼吸困難，但是仍然勇敢的掙扎度日求生存。我表現中等，沉默乖巧，不會鬧事，而且還會鼓起勇氣把撿到的共匪宣傳單，交到辦公室去，並且在朝會中接受表揚。我想我算是一個堂堂正正遵守校規又愛國的乖學生。

但是我的血液裏必定流竄著某種叛逆基因。就在國中三年級，大家如火如荼準備高中聯考之際，我已在心裏打定主意，決定就讀離家最近的東勢高工。因為此校為省立學校，學費低廉，又因為離家近不需花費昂貴車資，可以減輕父母親的負擔。再者因為就讀職業學校，可以逃避心中厭惡的升學之苦，這也算是一舉二得吧！這是當時的想法。

後來如願進入東勢高工就讀建築製圖科。當年大家戲稱東工為「銅仔工啊」，意即台語的破銅爛鐵之意。而我似乎也不太理會別人的眼光與說法，依然愉快的度過三年的職校生活。職校訓練，讓我習得一手畫建築圖的手藝，畢業之後，理所當然的在建築事務所上班。

那個時候，我每天騎著單車從石岡到潭子去工作。

那家公司其實是一個住家。老闆是一名公職人員，兼差接申請建築執照的案子，而我是他的唯一員工。老闆娘則在家照顧兩名幼兒。他們把不算大的客廳當做辦公室，放一張製圖桌，那就是我每天辦公的位置。我整天坐在那裏，早上一進到屋內就扭開左上方的日光燈，低頭畫建築圖，畫平面圖，立面圖，剖面圖，再搭配端端正正四四方方的工程字體。我每天面對不同的建築物設計圖，類似的直線條，握著削得尖銳的鉛筆，有柔軟的橡皮擦為伴，從早上畫到傍晚。

每天早上我的老闆在他出門前，他會急急忙忙口沫橫飛的交待我應該做的事，中午我的老闆會趁著他辦公室的休息時間，回來檢查我的作品再指指點點一番，然後在我下班之前，他也會匆忙奔回審視我的工作成果。

當時十九歲的我，安安靜靜地上下班，心安理得的擦拭掉一天又一天的光陰與塵埃。平淡的日子裏，好像沒有開心也沒有不開心，或者應該說，很少去想過關於開心不開心的這種問題，只是偶爾會想著日子應該不只是這個樣子才對吧。

印象最深刻的是上下班途中騎腳踏車時，經過的一片空曠田野，想必那片田野如今必定已經蓋滿水泥屋子或者高樓大廈了。當時我踩踏著輕快的腳踏車遨遊在這樣充滿綠意的田園小道上，任微風迎面吹來，看著一群群的白鷺鷥時而優雅地展翅飛翔，時而彎下身子清潔羽翼，那大概就是我一天當中最愉悅的時光了。

這位頭髮已經開始灰白的老闆年紀似乎年長老闆娘好幾歲，兩名幼子大約都在一或二那樣的歲數。想必他們結婚沒有幾年，而且小孩尚年幼，屬於哭鬧不停的階段。他們夫妻兩人更是衝突不斷，當我低頭埋首畫圖時，背後不時會傳來陣陣吵架聲，以及大聲怒吼聲，或者低聲啜泣聲。有時老闆娘負氣騎車出去，有時老闆重重摔門出走。我經常擔心著他們的婚姻是否能夠維持下去？但是吵架過後，他們也有低聲溫柔交談的時候。他們必定是在那樣的衝突當中學習了溝通與接納，於是決定攜手一起努力完成他們心中的夢。不知道他們的夢想是甚麼？也許是大一點的房子，好一點的車子，或者是讓小孩將來念好一點的學校。

而我呢，我也是在那樣的平淡日子裏，悄悄的在我的內心世界裏，一點一滴，一磚一瓦的建構了屬於自己的文學夢想。那個曾經拒絕過高中聯考的國中女生，後來還是決定重拾書本，報名參加大學聯考，進入外文系就讀。

有效期限

時間，乍看之下無邊無際，因此一開始我沒發現它是個監獄。

——納博科夫，〈說吧！記憶〉

幼小的時候，在一種還不認識死亡的年紀裏，有一天無意間從電視機中看到一個介紹大自然的節目。因年代久遠記憶模糊，無法記住節目名稱，也許是類似於發現頻道那樣介紹生態的節目。當時電視螢光幕上出現的是某種頭上長著尖角的動物，旁白者字正腔圓說：「這種動物的角會隨著年紀逐漸長大，直到刺入自己的鼻咽處而死亡。」這樣的內容宛如預言一般的響亮在我耳膜裏面，轟轟作響。小小年紀的我心裏緊張發慌。

當時的我，是一個學齡前的孩童。我視成長為生命中最美好的事情，我將來長大以後要如何如何的，正是我那時候最常掛在嘴邊的一句話。對於兒童時期的我而言，長大，就是美夢成真的時候，長大，就是擺脫大人的束縛管教，獲得自由的美好時刻。

我一心只想快快長大啊！但是當時從黑白電視機裏，竟然傳遞出這樣令人慌張的訊息：一寸寸的長大就是一步步的邁向死亡，多可怕啊！原來長大不完全是喜悅的，他的背後隱藏的是一種不知不覺的傷害與失去，我心中忽然充滿一種極度的恐慌與無助。於是在我的幼小心靈裏初次激起一種無以名之的震憾又鮮明的心情，一種面對危險來臨卻無力抵抗的無助感覺。那時還不懂得用適切的文字或語言表達，只是將這樣的心慌印象暗暗的收藏在內心小角落裏，兀自放大，任意想像。

直到逐漸成長，身心的成熟度懂得接納死亡，包容死亡時，才知道時間不是永無止盡的寶藏。肉體的生命，他是有一條界線的，他有一個日期，就像各類食品一樣，有一個有效期限。

在遺忘之前

記憶是一張撲朔迷離的網
發生過的事
如果不存在記憶裏
算存在嗎
不存在卻記錯的事
算存在嗎
啊你聽
不存在卻被誤以為存在的
在角落裏哭泣著呢

——張玉芸，〈記憶〉

我的老朋友八十一歲的溫蒂新書出版，書名是《Oh! before I forget》（《啊！在我遺忘之前》）。溫蒂介紹她的新書時說，這本書是要紀念她已經過世的一位好友，她的大學同學，一生奉獻教育的女士，她最後罹患阿滋海默症而離開人世。溫蒂看著她的好友一天一天地遺忘事情，後來連怎樣吃飯也忘記了，就這樣凋零而逝。她因此決定在記憶力失去之前寫下她自己一生的故事，溫蒂的書義賣所得也全數捐贈給阿滋海默症基金會。

我的父親生前也是阿滋海默症患者。隨著日子一天一天如海浪一般地擊打過來，父親的記憶力也一點一滴地逐漸褪去。時間於他無疑是敵人，每個日升與日落於他都是死亡的記號與暗語，每一個風吹雨落彷彿都是道別的哭泣聲，而陽光的照耀也只是要突顯父親逐漸枯槁的生命之卑微。父親漸漸地釋放掉他花盡一生的氣力所累積在他心裏面在他腦海裏的所有記憶。他忘記家人，忘記親人，他也忘記自己是誰，他有時忘記如何飲食，有時又不斷進食，但是忘記了該怎麼停下來，父親舉步維艱，他後來連怎麼走路都忘了，他也忘了如何大小便，他的所有行為舉止就像幼童一樣，唯一的差別是，幼童懂得逐漸學會新東西，而父親不會，他已經無力學習，父親剩下的力氣是要用來忘卻所有。

如果人生是一面鏡子，記憶必定是一幅畫。如果畫中呈現的是人生風景，父親在當時的狀態之下，他所見之景物必定就像是哈哈鏡中投射出來的影像，看去的風景全都變型，人生的拼圖至此錯亂。父親貯藏一輩子在腦海裏的資料瞬間變成亂碼，他完全辨識不得。

有一天，當他忘記怎樣呼吸時，我們沒有讓他自然地離去。當他呼氣與吸氣的能力盡失時，我們選擇用醫療器材幫他完成呼吸動作，以為有一天他可能會再度想起這個簡單的動作。父親過世之前，在醫院裏度過了漫長的七年。我常想，如果父親連痛苦都忘記了，是不是會好一些。但是，我卻清清楚楚的知道，父親他可能甚麼都忘記了，甚麼都不會了，但是他並沒有忘記痛覺，而他也還有能力去感覺肉體的椎心疼痛。所以當醫護人員固定來抽痰時，他滿面漲紅一臉痛楚，我不忍心看下去，只好將頭轉開望向別處，讓父親自己獨自承攬所有的痛。身為女兒，我多麼希望他連疼痛也忘記啊！

這件事情是直到如今想來也要淚流滿面的，我心疼我的父親，一生勞碌受苦的父親，在他晚年要由子女來決定他忍受痛苦長短之際，做兒女的我們沒有果斷的幫他作決定，而是一再拖延，直到漫長的七年之後，他身心受盡折磨的離開人世。面對死亡時，我們竟是如此無能，如此懦弱。

如果人的一生是如同植物般地成長、茁壯、結果、成熟再凋零，等待果實全然枯萎之後化為種子，然後再延續另一個新生命新種子。那麼父親終其一生耕耘出來的園地，不就是我們這些兒女。我真要感謝父親用他一生的養份滋潤我們，正是因為他是那麼地渺小，那麼地卑微，那麼地有限，更加放大他在我心中的感謝。我常想，父親他一生歷經風霜勞苦重擔，晚年受盡疾病折騰之後，傳遞給我的訊息是甚麼？

我告訴自己，啊！在我遺忘以前，千萬不要忘記父親用生命傳遞給我們的訊息。他曾經用盡他所有的資源像蠟燭般地燃燼自己，雖然照出來的光芒是那樣微弱，卻是費盡他全身上下的氣力所散發出來的亮光。父親全然無私的供應家人的需要，雖然談不上榮華富貴，卻從未讓我們挨餓受凍過。我細思父親的一生，深深發覺父親的一生好像一面放大鏡。他總是竭盡最大的努力與嘗試，他放大了他所有的能力與可能性。對於他的父母而言，父親是個盡責任又孝順的兒子；對於他的妻子而言，父親或許不是很溫柔體貼，但是卻是一個忠實的好丈夫；對於他的子女而言，他不富有，也許沒有留下大筆的財富，他卻是留下了一個美好的榜樣。

父親過世已經接近半年，我們也即將度過第一個沒有父親的父親節。我於是寫下這篇文字用以紀念我的父親，一位平實卻偉大的父親。

失而復得

那一天全家在IKEA購物閒逛，逛了一大圈之後小女兒忽然發現口袋裏的手機不見了。於是我們一家四口像錄影帶倒帶一樣，一路走回原先逛過的路線。連動作都要回想一下重新來一遍，比如坐過的沙發也要重新坐一次，再檢查一下四周圍。但是幾乎要走完一遍之後，仍然未見手機的蹤影。

這時，我跟女兒們分享我每次撿到物品的經驗，都是趕緊送到失物招領部門，我期待也有好心人這樣做。才說完沒多久，當我撥著女兒手機號碼時，正是失物招領部門接聽了這通電話，於是我們趕緊去領回。

一向不是很在意善有善報這類的說法，行善時也從不期待要有回報。

但是在領回手機當下，我的心中充滿無限的溫暖。那是人與人之間相互關懷的心意，拾者與失者互不相識，卻彼此傳遞著善意與幫助。如果人與人之間這樣的良善意念大於相互爭奪侵略時，世界一定會更美好。

童年

有人這樣說：「童年是寫作者的存款簿。」

一個寫作的人，確實可以從童年生活裏挖掘出源源不絕的題材與靈感，同時我也相信每個人的童年歲月，必定是貯藏著各式各樣的養份，等待每一個人用一生的時光去細細品嚐與回味。

我感謝父母親給我的童年，不算富裕卻不致於貧窮，擁有的不多卻是心安理得。我們總是處在一種需要適當的付出與努力當中，有些挫折卻不被擊倒；有些掙扎卻不被迷惑；有眼淚卻不失望；有些苦卻從不失去信心。

因為深愛我的母親，我向來不吝惜給予她讚美與感謝。有一天，跟母親表達感謝之意時，母親帶著欣慰又有一些自責的語氣說，小時候的我們總是獨立乖巧又懂事，很少讓她操心，在物資貧乏的童年生活裏，她真是讓我們吃苦了。

我安慰母親說，在我看來那樣的環境是最好的了。接著，我跟母親說了一個小故事，這是我成長以後，接觸了各行各業的人們之後，無意間聽到的一個小故事，一個關於紅酒釀製的故事。

據說最上等的葡萄酒所使用的葡萄，往往不是成長於最肥沃的土壤當中，而是生長在有些貧瘠但又不是過於營養失調的土壤裏；他們需要生活在有點養份但又不是太富庶的土地裏。而葡萄枝子就是在這樣隱藏著艱困的環境中，經過一番的掙扎，不間斷的努力與大自然博鬥之後，終於結成了可以釀製最上等葡萄酒的成串果實。

母親聽了說：「哦！我以為最上等的葡萄酒應該就是用最漂亮最大顆以及在最肥沃的土地出生的葡萄來做成的呢！」

親愛的母親啊！女兒從前也是這樣認為，因此初次聽到紅酒專家所言時，心胸突然充塞著一股莫名的激動。

雖然說成長於何種童年環境並非我們所能選擇與決定，但是我相信行過的童年路徑，只要存著感恩的心情去看待，回頭望見的風景都將是一幅幅無比動人的畫作。

你快樂嗎？

根據一份研究報告指出：「看電視時間的長短透露著這個人快樂與否？看電視時間越長的人越不快樂。」乍聽之下，多麼讓人無所遁形的說法。這種結果，對於喜愛沉迷於電視方格的人來說，電視螢幕無疑的就像是一面照妖鏡，反射出內心的落寞與無聊。是心靈貧乏者，需要藉電視的聲光效果，打發時光？還是生活空洞者，需要用電視的五光十色，娛樂自我？

其實也不是必然如此，只不過是不愛看電視者，另有憑藉罷了。可能是沉重公務，或一些繁雜家務事，或者是一些嗜好，如上網、閱讀、運動、繪畫、寫作、甚至打牌或賭博等等。所以呢，看到這份報告又不愛看電視的人，包括我自己，也不需要沾沾自喜的認為，自己就是很快樂或者是心靈很豐富的人。只不過是因為心中另有其它的慰藉罷了。

如果電視是一面牢籠，鎖住了一個人的時間與視線。那麼這個世界上，實際上是充斥著各式各樣的牢籠。它們或多或少，或緊或鬆的鎖著每一個人的心。

每當走在熱鬧的街市裏，我喜歡揣摩迎面而來的行人，想像這些人是置身在如何的牢籠當中？而自己的牢籠又是在那裏？

如果每個人都知道

如果每一個人都清楚知道，一句鼓勵人的話，那種溫暖熱力可以延續數十年。同樣的，一句中傷毀謗的話，也可以持續刺傷別人一輩子時，我想大多數人都會更謹慎自己口中的言語了。

也許是自己大而化之的個性，以致於對於別人給予的傷害記住的並不多。若有，自己也會試著像魔術師一樣的把它們一一化作正面美好的力量。同時，我也希望自己無心傷到人的言語也能獲得原諒與釋放。不知道是不是因為這樣的想法，生命中總是充滿著許許多多值得感謝的人。馮姐就是其中的一位。

那是事業草創的初期，我總是不放過任何可以宣傳的機會。經常在各處公佈欄張貼海報，去有人潮之處散發宣傳單，還到各大型機關學校擺攤位發送訊息。當年，新竹科學園區是自己常去宣傳的所在。創業惟艱，我記得在園區擺攤位時，經常半天下來乏人問津，僅有幾位路過的人，向前詢問：「請問，洗手間在哪裏？」我們租設的攤位兼具指引迷津的功能，令人哭笑不得。

當年，剛到新竹，對於此地環境並不熟悉。偶然機會裏認識馮姐，她經常熱心協助我海報的發放張貼，以及一一介紹可張貼的公佈欄位置，同時提供了一個訊息，每週二晚上活動中心有放映電影，也會有一些人潮出現。

於是，一個星期二晚上，我帶著一大疊宣傳單，趕在電影散場時，在出口處發送。那一天，正值歲末之際，冷峭的嚴風陣陣吹襲而來，終於親身領教風城的寒風冷冽了，我想著。

馮姐，那天晚上也出現在人潮裏，看完電影走出來，手中接過我給她的傳單時，說了一句話：

「玉芸，妳這樣認真，妳將來一定會成功。」

當年的我，習慣於賣力工作，但是從來沒想到成功這件事。當時聽了這句話，很受感動，淚珠兒在眼眶裏打轉。我很難述說那種百感交集心情，好像是一個孤孤單單的人，當別人都已經下班，正享受放鬆心情的時刻，而自己卻仍是忍受冷風，獨自一人辛勤的工作著。眼前的這一羣人，忙了一天之後，現在看完電影了，談笑風生的愉快地走著聊著笑著。而自己呢，卻是日以繼夜地忙碌，下班之後，還是要一個人辛勤的散發著傳單，開發客戶。如果這個時候，面對的全部都是陌生的群眾也就罷了，卻出現了一個熟面孔，而她又在這樣的一個時間點裏說出這樣真摯又肯定的一句話來，也許這就是讓我幾乎要落淚的原因。

馮姐的一句話，還有她那一份善解人意，深刻又清楚的印刻在我的心裏面。後來事業進展順利，我想，除了自己勤奮執著的精神之外，就是許多人的祝福了。

時光流轉，如今我已經從年輕步入中年，而當年正值中年的她，現在也應該步入老年了。她一定沒想到，這麼多年以後，遠在地球的另一端的我，此刻仍然感念著她。

憶及此事，即使是接近零度的天候裏，內心仍是滾燙不已。

更新自己

對我而言，寫作是一種釋放自己的方式。內心有所感觸時，每個人的表達方式不同。有人用言語，有人用繪畫，有人用歌聲，有人用舞蹈，有人用善行。也有人用罵人，有人用酒精，有人用毒品，也有很多人以吞雲吐霧的方式來釋放自己，而我則是用文字寫作。

寫作是一種蘊釀。

因為習慣以書寫來思考，總在寫的當中，陷在思考中的迷網越來越明朗，越來越清晰，思路也越來越寬闊，心情於是越來越平靜。我想我們算是十分幸運地成長於可以隨手用文字書寫來抒發自己情感的時代。

日治時代的楊逵因為寫作而入獄多次，釋放多次。後來國民黨政府來台的時代，他也因為寫作而在牢獄中度過了十八年的生活。他出獄之後，以務農為生，經營東海花園，他曾經心灰意冷無限感歎的說，手中的一枝筆竟然比鋤頭還要沉重。

時代已然不同，對我而言，手中的一枝筆有如一把鋤頭，不斷地除去心中的雜草。每經過一番的犛田與翻土之後，就看見栽種的新種子逐漸抽出新芽，當看見這樣的更新與成長，日子就充滿盼望與新意了。

快樂的素食主義者

「媽咪，我現在開始也要跟妳一樣變成一個素食者了。」

上個星期的某一天，小女兒看到電視上介紹烹飪的節目裏，出現殘殺可愛的小豬再成為盤中美食的鏡頭畫面之後，跟我說了這句話。

我很高興女兒的決定。但心裏存疑她是否會堅持過素食的生活，特別是她用變成這個動詞。多年來的經驗告訴我，當一個人說他／她決定要變成怎樣的一個人時，我知道這還無法算數，只有經過時間的考驗之後才能證明真實性。

我回顧素食的過程，是自然而然形成的。就如在我人生過程裏的其他演進一樣的順理成章。素食對我而言毫不費力氣，從來不需要下定決心成為一個素食者，也不需要忍耐不吃肉類，是自然而然，循序漸進的成為不愛吃肉的人，然後就成為一個素食的人了。就我而言，吃素沒有甚麼特別的或者偉大的理由，不是宗教因素，也不是為著健康原因，也不是為了保護環境，就只是單純的不忍心吃肉罷了。後來才漸漸地得知許多素食的好處如對健康的幫助或者對環境的保護，甚至對道德靈性的提升等等。這些美好的研究報告或者說素食之後的影響，好像一項項的Bonus，成為我素食的附加價值。

記得小時候，逢年過節大人殺雞需要小孩幫忙，我不得違命，看著大人拔著雞脖子上的毛，直到露出一圈白嫩的皮膚時，牠們的生命緊接著就走向終點了。當大人口中念念有詞下刀宰割時，我的手可以感受到緊張的奮力想要逃命的雞之無助感，只好別著頭緊緊閉上眼睛，不忍心觀看這樣殘忍的畫面。有時，不小心喊出了一聲「啊！」那時，總要觸怒到大人並遭到白眼與責罵。

童年成長於物資缺乏的年代。不常有吃肉的機會，逢年過節面對滿桌佳餚及肉食還是很開心很期盼的。及至成長之後，經濟狀況好轉，才逐漸不喜歡吃肉。特別是很明顯很赤裸的那種肉食，如白斬雞，或者整塊牛排，或者半雞全雞之類的烹飪法，會讓我失去食慾，難以下嚥。結婚之後需踏進廚房時，才發現自己真的很不願意烹煮肉類。特別是切肉這件事情，對我十分為難，切肉的當下，讓我的心如刀割，十分疼痛，就是這樣讓我一步步地走向素食這條路。

雖然十幾年來不吃動物的肉，偶爾還是有吃海鮮，是我勉強自己吃下，因為補充營養的原因。但是咬嚼之際內心隱藏些許不安，聽說這些海鮮生物，面臨死亡時，極為疼痛與憤怒，想到這裏我就不再勉強自己吃海鮮了。

在英國，素食人口極為普遍。比如我在一所大學裏做研究期間，研究室裏面連我一共有六人，全部為素食者。因此這裏的素食生活很方便，許多餐廳皆有提供素食餐，但是在台灣就感到有些不便了。多數的素食餐廳總是俱有濃厚的宗教色彩，而供應的素食卻栩栩如生地呈現葷食的模樣，教人難辨真假。面對這樣的食物，即使知道這是素食材料，還是難以下嚥。而一般的麵攤，有時要求一碗純粹的青菜清湯時，老板們還面露難色，因為所有的湯都是事先用大骨熬出的湯。有一回，我在新竹的一家麵店用餐，友善熱情的老闆娘端過來的乾麵上，她好心的擅自灑上一些碎肉醬。我提醒她，我點的是不加肉的乾麵。她面帶微笑的說：

「加一點肉醬比較香啊！我想說只有一點點而已沒關係啦。」

我抱歉的說：

「我是素食者不吃肉類。」

她一臉不解的把整盤麵端回去廚房，過了不久，她再把這一盤經過處理的麵放在我面前，任誰看也知道她只是把上面的肉醬移走而已。而我也只好原封不動的等待其他人用餐完畢，帶著仍然飢餓的腸胃離開。

身為素食者，我尊重非素食者。也沒有要說服別人一定要成為素食者。因為我相信一切順其自然，這是各人的決定。而且我也不覺得素食者比肉食者還要高雅。但是說真的，我覺得素食生活確實讓我身心都很快樂。所以，我由衷地希望我的寶貝女兒們以及所有看到此文章的朋友們，也可以享受這樣簡單又快樂的素食生活。

最美麗的表情

我覺得專注的神情就是最美麗的表情。

那一天走在英國南部康沃爾的海岸線上，看見一些年輕人背著沉重望遠鏡以及三腳支架來到荒郊野外，然後認真地透過鏡頭搜尋遠方的神情令我動容。他們正安靜地等候一群每年於初春季節裏，飛至英國南岸做短暫停留的候鳥縱跡。這一些年輕的英國男子們，低聲交談，談論著今年的候鳥似乎有些延遲抵達之類的話題。而我，除了欣賞眼前如詩如畫的海岸線美景之外，這些年輕人的專注神情，同樣深深的吸引我。

觀看專注的神情，是我的喜好。

為人母親的我，也喜歡看著女兒專心的做某件事情，比如看書、彈琴或者只是專心地寫功課。我經常會忍不住地讚美她們，告訴她們，她們專心的表情真是美麗啊。而她們會說：「媽媽，您真是奇怪！」

我知道，或許她們還年輕，還不懂得欣賞這樣子的美。就好像我在年輕的時候也是不懂啊！

我的相對論

我出生的那一年，我的父親三十三歲，母親三十一歲。而我自己是在三十一歲時生老大，三十三歲時生老二。也就是說，父親之於我的年齡，相對於我與小女兒的年齡。而母親與我的年齡差距，也就是我與大女兒之間的年齡差距。所以，我總是在這樣相對的年歲軌跡中，懷想著當年如我這般年齡時的父母親當時辛苦撫養我們這群子女的景況，同時也回憶著當時如女兒們這般年紀的時候，我又是以如何的角度看待父母。在這樣相對的視野裏，我的內心總是陷入一種對於父母親深深的感念當中。

十八歲時，我離開父母在外獨立生活。念大學時忙碌於課業以及打工生涯，總是咬緊牙根的掙扎於繁重課業以及生計溫飽中，難得回家。有一個週末，回家探望家人，母親前來開門，我瞥見了母親的容顏，好久不見的母親臉上已然增添許多風霜。當時我看到母親的頭髮上有一片懸浮之物，以為是她不小心沾到了蜘蛛絲網，我靠近前去撥弄了一下，才驚覺原來那是母親的一撮白頭髮。那一刻，我心情甚激動。

一向粗心大意的我，是在那個時候，才突然驚覺了母親不再年輕，她已逐步邁入老年。

前進的時機

畫人物肖像的技巧之一是，在相似度還未滿意之前，需不斷地修正更改直到滿意為止，才得以繼續往前畫下去。

我謹記著這一項原則，發現最近畫的人物畫像進步許多。對我現階段來說，有耐心且不厭其煩的修改，是很重要的學習課題，畢竟在畫水彩畫的過程裏，過於急切快速常是我的弱點。

在安靜的畫畫時刻裏，染料與水調配擴散中，許多的想法與記憶竟然也隨著這些色彩逐漸鮮明地渲染開來，今天呈現的是關於前進時機的一則往事。

經營事業時有一段時期，忙於擴張國內外的事業版圖。有一天，與一位即將離職的員工長談，她說，她覺得公司內部尚有許多的問題未能得到解決，我們不該如此積極擴張，應該先解決內部問題，等待時機完美成熟時再去開拓其他地區或國家的市場。身為經營者，我看到的是更全盤的畫面，而且也更具野心。當時，我們除積極解決公司內部所遇到的問題之外，也充份了解到把握市場先機的重要性。經驗告訴我們，在商場裏，沒有絕對完美成熟的時機，只有在前進當中不斷調整與學習。

果然，由於當年前進的時機正確而佔有了市場與機會。

後來，我們在忙碌的事業裏選擇急流湧退。也許，有人會說可惜，但是此刻所享受到的平靜與喜悅，卻是再多的金錢也買不到的。

前進與後退的時機是每個人生命中的選擇題。

應許與記號

「哇！是彩虹！」

中午開車出去時，望見窗外一道清清楚楚的彩虹。半圓形的七色弧線，跨越在遠方一排房子與樹木之間。看見彩虹，總是令人喜悅的，那是雨過天青的預告，我們透過彩虹知道下雨過後，接著會有個晴朗的下午。

前一陣子，英國經歷了三十七年來最嚴寒的冬季。深夜最低溫度來到攝氏零下十度，白天溫度稍稍升高一些，但也有到零下四度的時候。走在戶外，迎面而來的是極冰冷的空氣。住在英國這些年來，這是第一次遇到真正的寒冬。我想著，冬天真的來了。

但是，就在昨天清晨，當我拉開窗帘時，窗外傳來了知更鳥清脆的叫聲。知更鳥是屬於春夏季活躍的鳥類。這悅耳的鳥鳴，提醒了我，春天的腳步近了。光陰總是來去匆匆，再嚴寒的天候，總也有個盡頭啊！知更鳥的歌聲，提醒我要學會欣賞冬日的蒼白與冷酷。

如同彩虹應許晴天一樣，知更鳥也應許著一個春天。在我們的生活當中，總是充滿著這樣的應許與記號。這些記號象徵造物之主的愛，祂知道我們的軟弱，知道我們快要撐不過去了，就藉著這些訊號激勵我們。

年輕時很努力的衝刺事業，賣力工作的結果，總會贏得客戶的賞識。許多感染到我職場的熱誠與付出的國外客戶，常會對我說，看我這樣認真，將來一定會有一個Promised future。字面翻譯就是有應許的未來。我細細思考這句話背後的意義。原來一個人的態度居然也可以是一種應許，應許未來的成功與否。如果態度會成為應許，那麼我們的言行舉止，一句話或甚至是一個微笑，豈不像是種子一般，都會形成一種結果。

曾經在事業經營時期的一個難關，以為走不下去了。一位朋友告訴我們，為我們禱告時，他看到的景象是，隧道將盡時看到了亮光。當時幾乎已經被現實環境徹底打敗的我們，這一句話突然點醒了我們。是啊，再深再長再黑的隧道，總有走完的時候。再多的狂風暴雨，總有雨過天青的時候。而再嚴寒的天氣，也總有春暖花開的時候。我們因著這樣的應許，帶著希望，平安的走過了一場風暴。

於是，我相信造物主就是藉著這許許多多的記號跟我們交談。這些記號需要我們用心觀察，安靜聆聽。一定有許多人，不斷的錯過了彩虹關於晴天的暗示，也忽略了知更鳥傳遞的春天訊息，所以我們才會常常聽到抱怨連連與哀嘆不斷。我也相信，接收過造物主傳來記號的人，都會深深相信，人世間所有的磨難都不會超過我們所能承擔的。

千萬不要告訴我，你一定要看到閃亮的鑽石才要相信，才會感謝。在我看來，每天的日昇與日落就是一個最美好的應許與記號了。

白色房子

大學新鮮人那一年，驚慌多於喜悅。

一開始暫住女生宿舍，但是大學提供的宿舍位置有限，最後不知道是以排隊還是抽籤決定。總之，在住宿名單上遍尋不到我的名字。只好在慌忙中收拾行李，趕緊到校外尋找住所。後來落腳在這棟白色的房子。

那是一個平房，共有四個房間。前院花木扶疏，房東住在近處，常來照料花園。我與一位經濟系的一個女孩合租這屋子內唯一的套房，我們擁有獨立的衛浴設備。這女孩來自台北，有過幾年工作經驗，個子高挑，談吐典雅穩重，算是一名美麗的女子。

最前面的一間住的是外文系的學姐，嬌滴滴的一位女生，據說她的父親是補教界名師，是眾多升學參考書的作者。她進進出出時，胸前總是抱著厚厚的英文原文書，看起來氣質極佳。讓我這個從職業學校畢業的新鮮人，欽羨不已。有一天，我在她的房間裏聊天，她喜孜孜的在我面前展示一條圍巾，長長的圍巾以不同的鮮豔繁雜色彩勾勒出幾個大大的英文字母PARIS，不知道是我反應遲鈍，還是這些絢爛線條迷惑了我，我看了看，一臉不解。她趕緊說：「Paris，巴黎啊！」這是她父母夏天去法國旅遊，從巴黎帶回來送給她的禮物。我一時無言，她得意洋洋釋放出來的訊號，接應的該是讚美之辭或是羨慕嫉妒的眼神，豈料竟然如此輕易地迷失在我的茫然困惑裏面。柔軟圍巾頓時化作一塊硬梆梆的長尺，丈量的距離恰如另一星球般的遙遠。

住在對面房間的是景觀系的男生，他長的高又帥，又有一個很相襯的名字：「楊森」。楊森他經常帶著不同的女孩回到宿舍裏，莫非這是全世界相通的道理，長得這個樣子的男生，一定也要是這個樣子的花心。後來，我們看到郵差先生投遞進來給他的信件署名是：「楊金雄」。我們這才明白，這個帥氣男孩，用盡心思的把自己打扮包裝成既夢幻又迷人的男子，包括名字也是。

另外一間住是中文系的學長，在尚未解嚴的時期，這男生經常參加黨外活動，被教官列為黑名單，視為標準麻煩人物。有一次，他翻了翻我書架上一本書，這本書是我高工時期參加作文比賽得到首獎獲贈的一本精裝書，而該比賽題目是：「三民主義解救中國」。當時，他看了書本首頁的賀辭，很不屑的冷笑了一聲。當時我的內心產生了一股不悅的情緒，只因為自己的成就被藐視。我是在多年以後才理解那聲冷笑裏所透露出來的訊息。因為他，我們這宿舍常常會有教官進來查訪。後來不知道為什麼，這位學長突然中途輟學，自此不見人影。

有一次，回到熟悉的校園，舊地重遊時，看見白色平房已經被改建成高樓。我抬起頭，仰望這些隔間成看似緊密卻又疏離，如鳥籠又似牢籠般的宿舍，想像這其中所上演述說的又是另一個時代的故事了。

一段兒時記憶

立足在時光洪流面前，我們的肉體無可選擇的逐漸衰敗，記憶也隨之淡然，這大概就是所謂的自然。大部份時候我溫馴赤裸地任憑時光這條浩瀚之河沖刷洗滌，但也有時候，我有一股衝動想要去圍堵自然，逼視過去，把事件強取出來，一件件劃破開來，透視表象之外的種種。我以持望遠鏡之姿態，卻掌握著顯微鏡的精密精神，對於過往蛛絲仔細剖析探究。

小時候住在石岡，那時候石岡這兩個字的份量在我小小的腦袋裏，大概就是等於全世界那樣的重量。我的生活範圍以石岡為中心，接連到新社的外婆家以及心目中認定的大都市豐原。當時生活的軸線幾乎從未越過由這三個點所畫成的直線，那便是一幅我心目中所能理解的簡易地圖了，而承載著我牽動這條線的正是豐原客運。

小時候喜愛坐公車。

一跳上公車，就希望可以永遠保持車子行駛流動，永遠不要下車。我多麼渴望讓這公車載我到各地各處各角落去，每一次上車都很高興，而每一次下車都是心不甘情不願的。我愛坐公車的原因無解，也許是搭乘公車時的晃動，讓我在潛意識裏回到一種熟悉的幻境，那裏有母親子宮裏的溫暖舒適。也可能是公車的搖晃讓我聯想到嬰兒時期躺在搖籃裏的愉悅與無憂。或者是隨著公車走過的路程，讓我可以盡情欣賞沿途的花草、樹木、房舍、街景以及行人，而這樣一路的瀏覽，一路的超越，勾起了我內心裏的某種期盼，一種關於求知，關於成長的夢想。

小小年紀的我，上了公車或站或坐，除了張望窗外風景之外，還有一幅最喜歡看的畫面，那就是喜歡看公車裏的司機與迎面而來的公車司機之間互相點頭示意或揮手打招呼的姿態。看著司機們彼此致意的和諧舉動，是這樣小小的一個動作一個手勢，居然讓年紀小小，個子也小小的我，內心暗暗的歡喜快樂起來。

於是，每當看到有迎面而來的公車時，總要趕緊抬頭仰望，聚精會神地看著司機們的表情，深怕一不小心地就錯過了這樣的幸福美好畫面。彷彿打招呼之際，他們同時間也相互播下了一顆種子。當時年紀還小，不明白這滿心喜悅的緣由，成長之後憶及此事，才明白那是一種關於愛心與詳和的追尋，而這樣的渴望該是人類天生賦予的本性，以致於懵懂的幼童自然而然的就因而愉悅不已。

面對處處貪婪爭競的世界，有時不經意的總會懷念起童年時代，那一份看似簡單卻又巨大的喜悅。

關於風的回憶

是起風的季節，風狂嘯的吹號起來，或獨自呼號或夾帶雨水而來。不管是以何種姿態駕臨，她總會掀起人們貯藏在記憶中的一些東西。也許是美麗的詩篇，也許是憂戚的樂章，可能是片刻的感動，也可能是一些傷心的回憶。總之，風是一位奇妙的不速之客，她總是不做預約的匆匆到來，而且還會帶著一些舊雨新知一起來訪，隨之而來的夥伴常常就是昔日的記憶。

曾經在起風的季節裏，回憶童年上學途中，走在窄窄的田埂中，望著豐盈的稻穗隨風吹起時揚起的層層金黃色浪濤，那時候風傳遞的是一種關於豐收的信號。隨著四季的變換，風有著不同的舞姿，她用曼妙的肢體語言告訴我們關於春夏秋冬的故事，同時也以她那獨特的聲音訴說人生的各樣風景。

風吹起的時候，我也會想到多年以前事業草創之際，獨自騎著五十CC的機車遊走在生疏的城鄉街道中。滿載著海報，四處尋找合適的張貼處，海報突然被一陣強風刮走，而我在後面追趕的窘境。

關於風的記憶無數。我今天想說的是關於在台中大度山上那一段起風的日子裏的回憶。大度山以強風著名，我曾經在東海大學求學，因此風經常掀起我一些大學生活的回憶。

那時候在課業忙碌之餘，我擔任一些外國人的中文老師。一開始是教少數的幾位外文系老師，後來藉著這些老師們不斷的幫我介紹宣傳，我的教學課表逐漸繁忙起來，於是開始體會到口碑相傳的力量。當時校園各地都可能是我的教室，雄偉的圖書館外面的長廊裏，綠油油的陽光草坪上，暫時閒置空曠的教室，麥當勞或四福頂呱呱的座椅上或者是老師們的辦公室裏，處處可以看到我和我這些來自世界各地的老師們的身影。

那一段教中文的日子裏，因為跟著這一些外籍人士們的接觸，讓當年從未踏出國門的我有一個大開眼界的機會。今天，在這樣一個起風的季節裏，我想訴說的正是關於這些往事的回憶。

尼爾是一位法國人。他有一頭捲曲的褐色頭髮，一對圓圓亮亮的淡藍色眼珠子，微微突起的嘴形，似乎隨時呈現嘟嘴的可愛模樣，他時時刻刻帶著一臉專注及天真好奇的神情。他的長相已經悄然透露出他的至真性情，他是一位名符其實的好奇寶寶。尼爾的興趣極為廣泛，他同時也是一位多才多藝的青年。年紀輕輕的他，已經有周遊列國的經驗，並且從事多樣化的職業。我教他中文的時候，他既是法文老師，同時也是市區一家著名的法國西餐廳主廚。有一次上課時，他的臉上受傷掛彩，他說那是在餐廳廚房裏精雕細琢一些蔬果造型時，一個不小心被尖銳刀器刻到的，那個傷口正在眼角處，離眼睛大約僅是沙粒之間的距離，聽他描述過程，頗令人心驚膽顫。

尼爾也是一位魔術師。他告訴我，他在旅遊世界各地時，不管是在熱鬧的街道中或者是旅程途中的各節火車車廂裏，只要是有人潮的地方，他都不放過表演變魔術的機會。他一節一節車箱的逐一去表演，然後再拿著帽子一一的去收費。

尼爾也會幫人剪頭髮，他經常利用這個技能賺取旅費。有一年入夏之前，他很興奮的告訴我，他今年夏天即將去西班牙旅行。他會去拜訪住在南部小鎮的友人，而這位熱心朋友已經幫他知會了當地居民，這一陣子先不要剪頭髮，請大家留著等尼爾七月來時再剪。所以當他抵達西班牙時，他就要展現他的理髮絕活，幫村子裏的大大小小男女老少剪頭髮了。他真是憑著才藝闖天下。

有一天尼爾垂頭喪氣的告訴我，他即將失去法國西餐廳的廚師工作了。因為他的老闆要縮短他的工作時數，但是仍然要求他做出相同品質的高級法國餐，他說這真是太為難他了，他不可能做到。他接著忿忿不平的說：「老闆以為我是魔術師！真的就可以在短時間內變出來可口精緻的美食！」他無奈的說，其實他做出來的每一份餐都是需要長時間準備的。他用他那濃濃的法國腔英語繼續說著，說食物就像藝術品一般，那是需要時間精心烹調的。這是來自法國的尼爾，我總在他身上看到一種不斷嚐試及堅持的精神。但是他慢條斯理的工作態度，顯然無法見容於如台灣社會這般匆忙的商業環境。

有一年我們系上來了一位客座教授戴格博士。他來自美國，是一位學識豐富又具有幽默感的學者。他的專長是莎士比亞戲劇，我一開始只教他中文，後來他們一家五口都是我的學生，包含他太太艾美，兩個兒子約翰和強納生以及小女兒露西。跟他們每一個人上課的地點和時間不同，跟戴格博士上課是在外文系館空閒的教室裏，跟艾美大多是在校園內的四福頂呱呱的戶外座椅上，跟三個小孩則是在他們的家中上課。

艾美是一位溫柔賢淑的女士，當年在大學校園裏，有許多的流浪狗，他們遊走在校園內覓食，有些還是滿身皮膚病的癩皮狗，每次艾美都帶著悲天憫人的眼神觀看著這一羣野狗。那真的是真情流露，雖然身處在豔陽下的艾美總是戴著黑黑的太陽眼鏡上課，我還是清清楚楚的看見她注視著生病的狗兒時，同情的淚珠兒緩緩流下臉頰的情景。

她的眼睛總是隨著狗兒們的蹤影轉動。愛心滿滿的艾美上課前經常先去買薯條餵養這些流浪狗，當年的我是一個自食其力，需要辛苦賺取學費及生活費的窮困學生，當我利用午餐時間兼課與艾美上課之際，空空的腸胃也正在咕咕叫著呢。

戴格博士有著敏銳的洞察力，他看到我當時認真做事的毅力與決心，曾經斷言我將來一定會擁有一份成功的事業，並且開玩笑的說未來的我一定會開名車。若我現在擁有的一切算是成功的話，總會感念他的慧眼賞識與抬舉。

吉米也是一位令我印象深刻的學生。他是一位長相很可愛很有禮貌，人見人愛的年輕男士。我記得第一次上課時，我們一起從校園沿著相思林的徒步小徑往東海別墅走上去，沿途看到許多紙屑垃圾，他如同一個聽話的小學生一般沿途低頭撿起垃圾來，他遵守規矩的樣子，讓我很受感動。但是接下來的日子裏，想必他也習慣了這樣的環境，沒有再看見他彎下腰撿垃圾了。

我在吉米身上看到創意，有一天正逢他遠在美國的弟弟的生日，他找來一張當日的台灣報紙，將某則新聞有附照片的角落換貼上他弟弟的照片，然後影印之後寄給弟弟，並用英文寫著：「生日快樂！全台灣民眾都在慶祝你的生日哦！有當日的報紙為憑」。另外有趣的是，他撥電話的方式也不是像我們一般人用一根手指頭按號碼，他是像彈鋼琴一樣的用雙手按鍵盤。他的一些行為，讓我見識到創造力以及做事情的彈性，很多事情不是一成不變的。

來自美國又高又壯的布魯斯是我的第一個學生。那一年他剛從美國來到台灣，幾乎是一句中文都不會說，剛開始他總是面紅耳赤的結結巴巴說話，有時候很用力的擠出幾個中文字也是說的零零落落的，上他的課時我總是全神貫注的全力傾聽。布魯斯學習態度非常認真。相形之下，其他學生學中文好像只是玩票性質，而布魯斯則是全力以赴。過一段時間之後他已經說得一口流利的中文了。多年之後，輾轉聽說他到中國經商，擁有一份成功的事業。我相信這個傳言必定屬實，從布魯斯他那種學習的拚勁，我真是可以看出他的潛力與可能性。

在東海的日子已經遠颺，昔日認識的這些海外遊子，也隨著他們的時光，隨著他們身旁所吹起的陣陣微風，繼續航行到世界的各處角落去了。繡球花的顏色會隨著土壤酸鹼度而改變。初次聽見園藝專家提起土質與花色的說法時，突然恍然大悟，花兒竟然與人們相似。各人雙腳踩踏出來的人生路徑之差異，就好像一團團的繡球花球一樣，其中隱然牽動這些變化的不也是埋藏在人們心田裏的土壤嗎？

今天在這個起風的日子裏，隨風吹起的是我青春歲月裏的一些插曲。我的朋友啊！隨風傳送到你內心深處的又是甚麼呢？

二〇〇六年的一篇日記

這件事情，我想我應該是沒做錯吧。雖然女兒一直覺得我有些失禮。

上週六是女兒第一次上爵士鼓的課程，這是一位從未謀面只是通過電話的男老師。我已經事先說好，女兒上課時我會留在音樂教室等。那是一間平房，沒看到其他人在家，看來這位老師好像單身。一開始做些簡單介紹之後，就開始上課。

上課當中這位老師，一直找話跟我聊天，我希望這位老師能專心教學，即使是女兒練習的時候，他也應該要專心聽學生的演奏，並給予指導。為了不要讓他找到話題一直跟我說話，我於是低頭專心的寫一些文字，也因此達到效果。他就沒有再一直跟我說話了。

回家的途中有以下對話，女兒說：

「我覺得你有些失禮，老師想跟你講話，你一直寫東西。」

「我希望老師專心教你，不要浪費時間。」

「沒有影響吧，那是我在練習的時候。」

「即使是你練習的時候，老師也應該要專心聽學生，並給予指導。」

事後我在想著，究竟我這樣的處理對不對？

我應該是低頭寫自己的東西，還是直接告訴這位老師：「華頓先生，我想你應該停止跟我說話，專心教學生吧。」

接著女兒問我：「對了，你剛才寫些什麼？」

我告訴她，以下是我寫下的文字：

　　時間過得真快，若金氏紀錄有做統計，這句話也許是成人最常想或說的話吧。我自己就經常或說或想這句話。

　　現在我看著女兒專心打鼓的背影，我想著時間過得真快，轉眼間女兒已經上國中一年級了。她現在開始學習德語和法語，除了學習鋼琴和笛子，她最近喜歡鼓，所以開始學習打鼓。我想起她很小的時候，牙牙學語的時候，她所學習的每一個新字，我都知道來自哪裏。為著幼小的她口裏所說出的每一個新學到的字彙而讚嘆不已。

　　時間過得真快，只是轉眼之間，她已經有自己的語言及字彙了。她和她的朋友們總是說著一些她們之間才懂得的語言及記號。對於時間的感慨，好像是要等到你夠老的時候。

　　我曾經問過小孩，妳們有無覺得時間飛逝？

　　她們說，不會啊。

　　關於時光匆匆，是不是要等到你累積了一定的記憶容量時才會如此感慨，所以大部分的小孩子只會期待快快長大。

織女的心情

自從愛上編織之後，所有的事情都跟編織發生關係，產生聯想。就像文字書寫這件事，在我看來和編織的性質極為類似。在書寫中你一字一字，一句一句的累積形成一篇文章。記錄了自己的心情轉折，經驗與感想。而在編織當中，你在寧靜流逝的光陰裏，與時間平行走著，隨著一針一線你成就了一些成果。雖然時光不見了，妳的手上卻是握有一些確據，證明你沒有白走一遭。編織中的你與透明的時間相抗衡，時間已然消失，但是你終究留下了一段看得見的色彩，摸得到的溫暖，這是一種莫名的成就與喜悅。我曾經為自己的書寫下了一番註解：「以字為絲絨，筆為針𥬔，偕時間做見證，編織了一幅幅的人生風景畫。」書寫與編織的目標原來很相似。

欣賞鋼琴演奏時，望著表演者坐在鋼琴前面用心經營鍵盤的神情，然後在彈指間形成流暢優美的琴音，在我看來也變成了一位專注的編織者。演奏者端正坐在織布機前面，認真的完成了繁花似錦的布疋。隨著音符的起伏轉折，一匹匹的布時而在眼前翩翩飛舞，時而在高空中激動翻攪，又有時就像寧靜河流般的微波盪漾。

女兒不解的問我：「為何像老人家一樣的喜歡編織呢？」我也不了解這份喜好來自何處。自從國中家政課時上過了一學期的編織之後，就像逃難一般的遠離一場噩夢。從來沒想過自己會重新拿起勾針，沉浸於一針一針的編織時光裏。

我特別喜歡勾織圍巾，柔軟的圍巾是一份既溫柔又能表達關懷的禮物，而且適用於每一個人。特別是在氣候寒冷的英國，手做圍巾帶給人們的溫暖是加倍的，也就是身體的保暖以及內心的暖和。

每當看到了朋友穿戴著自己手做的圍巾時，內心總會泛起歡喜之心，然後就是有些不好意思。我最近在思考這不好意思的原因，才發現這種不好意思的感覺就好像是自己的文字作品呈現給讀者一樣的那種心情。一方面很高興寫下的文字與人分享，但是對於自己快速隨手寫下的東西，再次閱讀時總會想著，若有空一定要再好好修改，調整用字遣詞呈現質感更佳的文章。只是日復一日忙碌於其他事物，新的感想如浪濤般一波又一波地紛紛湧上，於是寫過的東西就只能擱置一旁了。當圍巾圍在對方的頸項間，等於是對於大眾清楚公開的展示，而身為作者的我，一方面很喜悅自己的作品公諸於世，一方面又看出了需要改善調整之處，所以就覺得不好意思了。

沒想到寫作和編織，從頭到尾竟然都是這麼類似。

我是一個好學生

週末早餐的餐桌上，女兒問我：「媽媽，妳是不是一個喜歡學習的人像學生那樣學習的人？」如果你們的孩子問起這個問題，不知道各位的答案是甚麼？但是對我而言，我的答案絕對是肯定的。我確實是一個樂意學習喜愛成長的人，所以當然就是很篤定的回答：「是啊，我一直都是樂意學習的人啊。」女兒的問題從來不是只是輕描淡寫而已，她接著問：「是否可以舉例說明？」我於是想到最近腳跌傷行動不便的一些經歷。

我向來自認是一個可以忍受寂靜不會無聊，即使整天在家也可以很快樂的人。但是受傷之後就開始認識了另一個自我。一開始還好，坦然接受這項現實考驗。但是一個星期以後，我的心開始浮動不安，接近抓狂。行動不方便無法外出整天關在家裏，好像住在一個囚牢裏，一種無奈無聊浮躁的負面情緒逐漸高漲。我意識到這樣的情緒需要被轉移，於是閉起眼睛思考解決的方法，這時候我想起了在台灣極權統治時代一位被關多年的政治犯所說的話，他說：「當時雖然身體是被關著，我的心仍然是自由的。」我開始想像甚麼是自由的心。我於是閉起眼睛想像自己飛翔於遼闊無邊的天空中，我自由自在翱遊其中，心情坦然而平靜。偶有出現的雜念，彷彿短暫的烏雲遮蔽，待我奮力展翅越過，又見一片湛藍天空呈現眼前。每每望及天空的浩瀚無邊，也就無視於這些一朵一朵的烏雲阻礙了。這些冥想幫助我的心靈重新獲得自由，這就是我最近學習到的寶貴功課。

女兒專注的聽完，我們用完早餐後也就忙著各自的事情。

下午時光，因為某件不如意的事情，我稍有不耐之神色。女兒說：「媽媽，你說的天空呢？天空不見了嗎？」我聽了忍不住笑了出來。

一些些的進步

聆聽女兒彈琴是一種享受。

女兒懷真的琴藝逐漸進步，彈琴時情感隨著鍵盤釋放，如今彈鋼琴已經是她調劑心情的方法之一。課業繁忙之餘，她會坐在鋼琴前面，彈幾首曲子抒發情緒。

現在的她已經脫離需要我們不斷叮嚀練琴的階段，而進入了享受彈琴的另一個新階段。

也許是因為懂得享受彈琴的樂趣，懷真的琴藝也自然而然的進步不少。

今年五月，正值GCSE（The General Certificate of Secondary Education，中譯「普通中等教育證書」）的繁忙考季，我們原本並不打算讓她參加今年度的鋼琴比賽。但是她主動地提出願意報名參加，並且榮獲了該組的首獎。害羞的女兒，捧著獎盃，接受眾人的道賀時，她綻放了羞澀的笑容。這個獎項給予她莫大的鼓勵。

鋼琴比賽會場，當子女在台上表演時，台下的父母們，所承受之心理壓力絕對不亞於坐在鋼琴前面的子女。從曲子一開始到結束，父母們的一顆心始終緊繃懸浮於每個音符裏面。大家都在期盼自己的孩子，這個時候能有最優秀最傑出的表現。雖然我們不斷的告訴孩子們，只要抱持平常心去彈，享受彈琴的樂趣，自娛娛人即可，千萬不要把得獎與否看得太重要。但是說得輕鬆容易，做起來實在不簡單。

今年的比賽裏，我告訴自己，我要做的事情是以平常心享受聆聽每一首曲子，就像去欣賞音樂會一樣。不必緊張，因為獎項總會屬於那些認真練習表現優秀者，一切順其自然，心情愉悅的享受當下最為重要。

一些觀念，一旦想通了，就是一片海闊天空。

那一天的比賽中，我懷著祝福的心，寧靜的品嘗了一場音樂盛宴。經過這麼多年之後，很高興我終於學會了這一門功課。

我為著每天一些些的進步而心懷感謝。

美麗的引誘

要躲避，不可經過，要轉身而去。

——箴言　四章十五節

去看一場表演，走進一個橢圓型的劇場裏，這裏好像是一座競技場。裏面滿滿的人潮圍著這個舞臺等著看表演。我的左手邊坐著一位家人，右手邊的位置空著。接著走來兩位妙齡女郎到我旁邊的空位坐下，兩人穿著同一式樣的性感緊身連身短裙，只是顏色不同，一件是綠色，一件是紅色。兩個人都打扮時髦，冶豔動人，她們不停的大聲交談，動作很大，想要引起我的注意，但是我不為所動。她們刻意大笑開來，其中一人還在椅子上翻起跟斗，想盡辦法就是要引起我去注意她們。後來靠近我的這一個女的，居然很嬌媚很緩慢的伸出她的紅色高跟鞋過來試圖要勾引我。她眼裏釋放出一種很諂媚很邪惡的眼神，我在那隻高跟鞋快要碰到我的時候，害怕的驚醒過來。半睡半醒之間，有兩個畫面出現，一個是一張椅子上堆砌起一座座的墓碑的畫面，另一個是被提升的畫面，有一座高臺緩緩從黑暗的井底升起來，很穩妥很舒適的畫面。

我經常做夢，也喜歡從夢境中尋找意義。我期待自己把每一個夢境的意義思想清楚，直到釋懷。那天晚上，在我想通了那個夢之後，我感動的流下熱淚來。

人生是一個舞臺，充斥各種競爭，同時也隱藏各式各樣的誘惑。不能勝過試探誘惑的，後果就是掉落在罪惡的黑暗深淵裏。那時候道德與良知等於是死了，這個人等於被死亡征服了。誘惑和試探總是有著光鮮亮麗的外貌，要拒絕她們需要多大的勇氣與意志力啊！我們身邊的人，能勝過試探，拒絕引誘的有多少人呢？而誘惑我們的是甚麼？可能是貪婪，權位，名利，美色也可能是情慾，這些誘惑令人難以抗拒。所以那個畫面上出現的是高高堆砌起來的墳墓。相反的，那個被提升的畫面，看似孤單，卻是穩妥又充滿榮耀。我一向懼高，不管是現實環境或是夢中，置身在那樣的高度，會讓我緊張恐懼。但是在此夢境中，我身處於如此的高度中，卻感到無比的安全與舒坦。

面對試探，《聖經》上的教導是：「要躲避，不可經過，要轉身而去。」剛開始接觸試探時，很多人總會認為自己是可以招架住，沒問題的。接著可能就是無法自拔，越陷越深了。所以我很喜歡《聖經》上的這一句清清楚楚的教導，多麼實際有效用，面對惡事，面對試探，我們連經過都不要，要趕快轉身而去，掉頭就走。不要覺得可惜，不要怕得罪人，也不要認為別人都可以這樣，為甚麼就我不行。行為正直的，上帝的賞賜就在後面，祂會以榮耀的冠冕獎賞你。

生活是一連串的學習與成長，願意以此文章與大家共勉。面對選擇時，我們永遠選擇那經得起道德良知考驗的那一條路。不管引誘你的是多麼的迷人耀眼，何等燦爛奪目，請隨時謹謹記住著，當所有的幻影與激情結束時，她們呈現的真實面貌將如墳墓一般的令人恐怖。

我慶幸我們擁有一位賞罰分明的上帝。

我想到自己是這樣的平凡與渺小，而上帝卻釋放出如此清晰的訊息。於是在這個夢境中，我得到很大的平安與提醒。

馴服

多年以前曾經閱讀一篇評論俄國貴族後裔納博科夫作品的文章。內容大概提及納博科夫描寫童年時期的景色人物時，其文筆細膩生動而且詳盡。但是當他寫到自己的親弟弟死於集中營以及父親死於槍殺時，作家僅以寥寥數語簡單帶過。該文作者不解是甚麼原因會讓一位文筆極佳，擅於描寫闡述的作家，對於自己親人所經歷過的深刻事物，反而蜻蜓點水般的掠跳過去？為什麼一位具有敏銳觀察力以及豐富筆觸的作者，他繁複深刻的描寫關於童年的氣味，傢俱上的微光，擦身而過的一個陌生人臉部的細微表情。他同時也詳實記錄久遠又幽微的事件但是對於父親及弟弟的死亡，如此這般刻骨銘心的生命經驗，他反而選擇輕描淡寫？

我想對於納博科夫而言那必定是一個難忍的痛處，一種無法承受的傷慟。有誰願意一再觸摸傷口，甚至刻意去掀開或撥弄傷疤呢。這是一般人避之唯恐不及的啊。回憶已然痛苦，書寫更是一種赤裸裸的面對，或許納博科夫在其有生之年裏，尚未來得及馴服這份傷痛。

在一段學畫的時期裏，我喜歡拿出舊照片臨摩仿繪，做為練習。有些照片會讓自己的畫筆突然變得很重，彷彿千斤之重量，終究讓我無法完成這一幅畫。可能是一張多年前與親友相聚的合照，照片中大家緊緊的互相簇擁著，歡樂的笑容在每個人的臉龐瀰漫開來。日後因為某種誤會，不再往來，真是世事難預料啊！我趕快把照片收起來。

年輕時的父親照片，也是我畫不下去的。想到父親如今在病床上的痛苦病容，總是讓我無法一筆一畫的畫下去，每一筆畫像是刀刃一般的尖銳刺痛。

另外，年老的母親，眼裏的鬱鬱寡歡，嘴角邊隱藏的委屈，越來越白越來越稀疏的頭髮，也是讓我畫不下去的。每一筆畫像是殘酷的劍光，無情揮舞著，我不忍心繼續畫下去。於是改畫一些沒有私人情感牽絆的美麗風景畫。

有甚麼是自己不願去面對，不願畫下，或者不願寫的呢？我拿出一面鏡子，審視著自己最深最深的內在。

有一位曾經被酒癮捆綁多年，後來終於戒除的朋友跟我說，他希望在他生命結束之前仍是一個成功脫離酒癮的人。我也期許自己，在人生結束之前，可以完全學會勇敢坦然的面對生命中的每一處傷口與難堪。

納博科夫為何可以深入描寫細微的光線及氣味，但是只能輕描淡寫父親及弟弟的死亡，我想我可以理解他的心境。又有多少人願意觸及內心深處最深最痛最不堪的角落呢？

夢見一個人跳河

幾天前夢見一個人跳河。

首先出現的是一座橋，橋上站著一個人。那個人突然縱身一跳，跳進了一條挾帶黃色污泥又快速沖流的滾滾河水裏。接著又是另一個畫面，有幾個人含我在內，站在一座橋上，往橋下看著。看到那個跳河的人，隨著湍急的河水正快速往下游流去。然後他的頭伸出水面，面部表情痛苦扭曲，他還活著。但是，他，居然很生氣他還活著，然後很憤怒的拿出手中的一把長槍，用尖銳的一端，刺入自己的一隻眼睛裏，鮮血噴出，從眼睛裏，從咽喉裏，濺射出來。我在這樣的一個殘暴鏡頭裏驚醒過來。

這幾天，常想到這個夢。那個跳河的人，必定是心碎的人。發現自己還活著時，居然那樣的生氣，他寧可用殘暴的方式結束自己的生命。甚麼樣的人會這樣生氣？他被人怎樣對待了？他對生命多麼絕望啊！

這一個充滿絕望驚恐的夢，讓我聯想到前一陣子，看到的一則讓我忍不住掉下眼淚的社會新聞。一個意外墜樓身亡的國中女生，因為出生在貧苦的家庭裏，這個做母親的幾乎不曾幫女兒買新的衣服穿。如今，女兒意外身亡走了，母親特別到菜市場買了一件新台幣兩百元的新衣給女兒穿。然後哀慟的告訴死者：「來生不要再做人了！」

辜且不論是否有來生。這位母親的這一句話，來生不要再做人了，讓我久久不能平靜。這位可憐的母親，一定是對於做人徹底絕望灰心，才會對死去的女兒說出這樣赤裸裸的訣別懇求。

不平安的世代，衝擊著多少顆不平的心。不管是遠方的，或者是近處的，處處隱藏著數不清的生氣與哀嚎。如果這些人，認識了行過死蔭幽谷的生命之主，生命的版本是不是會改寫？耶穌說：「我將這些事告訴你們是要叫你們在我裏面有平安，在世上你們有苦難，但你們可以放心，我已經勝了世界。」如果這些心靈受傷的人，認識了創造之主的慈愛與救恩，心裏是不是可以得著安慰？是不是就不會那樣的悲憤？是不是會用盼望代替絕望？用信心彌補破碎了的心？

我珍惜每天的所見所聞，也珍惜每一個夢境所傳遞出來的訊息。但是縱使有萬千感慨，最多的也是重重壓在心上的無力感覺。我這樣渺小的一個人，可以做甚麼呢？又可以改變得了甚麼呢？

或許，就從身邊做起吧。提醒自己，記得隨時將溫暖輸送出去，去見證上帝的愛與恩典。

認人的能力

有些超級業務員，認人識人的能力超級好，可以記住很多的人，我總是佩服有這種功力的人。我方向感不好，但是認人能力更是糟糕，經常認錯人或忘記對方。

有些事情自己想來都要覺得好笑。過去有一段期間，經常要參加展覽會，面對會場中的外國客戶，我總要站在展覽攤位上，看到清楚寫著公司名號的大字再搭配這個人的面容才可以認得這位客戶。如果這個人離開他的展覽現場，可能是坐在咖啡廳裏喝著咖啡，或者去上洗手間的途中，或是在外面抽煙休息時，情況就會變成：「咦，這個人，我看過他，我認識他，但是不知道他是誰。」

對於女兒們的同學也如此。除非是經常見面的，我也不容易記得她們。這在生活中，不至於造成不便，只是會成為家人嘲笑的對象。連老公都要責備我：「妳就是不用心，才會這樣。」

最近有幾兩件事情發生，讓我開始重新思考這個問題。

第一件事是，前幾天的一個早上，鄰居來訪。他按了門鈴，開門一看時，我以為是推銷員或是郵差之類的訪客。對方看到我狐疑的眼神，就先自我介紹：「我是鄰居湯姆。」他就住在我們家的隔壁再隔壁，平日進進出出，偶會見面，總是很自然的打招呼。但是他當時總是在他的前院花園裏，或者是開著他那銀色的轎車正要出門，我便可以輕易認出他。今天早晨，是他第一次出現在我們家門口，我就一時認不出他了。

第二件事是，今天我去女兒學校接她時，在學校大廳門口遇到女兒的音樂老師。他友善的打招呼問候，我也有禮的回應。但是心裏遲疑著：「啊，這個人我看過，我認識他，但是在那裏見過的呢？」想了約一分鐘之後才記起這位牧羊人先生（Mr. Shepherd）。事實上，昨天晚上家長會時，我還跟這位音樂老師面對面，討論著女兒的學習情形，以及參加交響樂團的種種細節呢。

因為這連續發生的兩件事，我想起老公的話，難道我真的是不用心才會如此嗎？我雖然個性有些迷糊，但是自認是一個很用心的人。不管跟鄰居相處或跟音樂老師討論時，都是很真誠很認真的啊！

後來，我想著其實認人認路，應該也是一種才華。就像唱歌，繪畫，跳舞一樣的才能天賦。你總不能說一個人唱歌五音不全，或者是跳起舞來像隻大象，就說她不認真吧！

想通之後，好像放下了心中一塊大石頭似的輕快。

一種感動，一股力量

無意間閱讀到一篇文章，內容大概是作者提及他參加過大大小小的寫作營的經驗。一次次令人失望的經驗，徒留下讓人覺得浪費時間的悔恨。因此暗暗下定決心，日後要辦一場感動人心，令人振奮，讓參與者有所獲益的寫作營會。

小李在旅行社上班多年，是一位專業的導遊。帶團出國時，總能天南地北，引經據點的介紹當地風景及典故。與團員們成為無所不談的朋友。聽到團員們對老闆的抱怨之後，暗暗的下定決心，要辦一個完美的旅行社，提供客戶最好的服務。

我們的生活中充斥著這些大大小小的例子。大，至於政黨輪替，你們這次做不好，下次該換我們了。小，到說這家老牌早餐店，豆漿加過量的水，明早換買對面的那家新開的。常常是如此，由一種最初的感動開始，然後產生一股力量，接著跌跌撞撞，有的狗涎殘喘，有的草草結束，有的青勝於藍。但是始終堅持著那種最初的感動的，又有誰呢？

老師的話

有時候我們不得不承認，我們的生命當中，除了父母之外，老師的話算是具有影響力的。大學時有一位心思敏感的女同學，委屈的跟我說起一件傷心往事：

有個小學老師對我說，我的字寫得很醜，從此讓我對自己的字失去了信心。我對這個老師也一直懷恨在心。

這位小學老師用一句話綁住了一個小女孩的心。

我在大學時，有一位老師，也對我說過類似的話。那位老師對我說：

「你唸的是外文系，應該把英文字寫好。」

我需要承認，我的中文字寫得還可以，但是英文字確實沒學好。老師的一席話，讓我警覺到自己的弱點。當時雖難堪，卻是一種提醒。我開始用心把字練好。

日後，我常將老師的這句話引申應用在各種場合。雖然那位老師只是簡單的一句話：「你唸的是外文系，應該把英文字寫好。」但是，這句話隱藏在背後的意思其實就是：「你做甚麼就要像甚麼。」

做甚麼像甚麼，就是這樣一個簡單的觀念，影響著我的一生。當我決定創辦一個事業，我就很認真的想要把事情做好。不管人家嘲諷或遇到攔阻，我總是把持一種不放棄的精神。如藝術家精雕細琢也要完成一件作品的態度，就這樣把事業做成了。

回想起來，總覺得很慶幸，我沒有讓老師的那句話擊倒。老師的那句話反而成為自己向上提升的助力。

我的朋友啊，您的生命中是不是曾經也有一句話，刺傷著您，隱隱作痛著，設法把它化成一朵美麗的玫瑰吧！或者，若是有一句話，總是像烏雲般地籠罩著您的心，設法把它化作一道彩虹吧！

祝福每個人都有一顆自由舒適的心。

多出來的幸福

週末，打電話給一位目前正留職停薪的朋友。

「喂！」電話那端傳來微弱拖拉的聲音，那是朋友睡眼猩忪的語氣。

「嗨！小新，在睡覺了？現在才幾點？」我算算時差應該是台灣時間晚上七點左右。

「才七點而已啦！剛吃完晚飯坐在電視機前面看電視，看著看著就在客廳沙發上睡著了。一聽到電話響還跑錯房間去接電話，以為自己是睡在房間裏。」

睡意頓時全消的朋友開始大聲笑著說。

她又說：

「這段時間不喜歡週末，因為週末大家都放假，無法突顯自己留職停薪的特別。反而週間大家忙著去上班時，就覺得自己真是幸福。」

朋友問我是否知道那一種幸福的感覺？

我想我應該是知道的。

朋友所感受到的那一種幸福，是一種微小、隱藏的滿足感，對於別人也許微不足道，但那種簡單的愉悅卻可以滿滿佔據你的心。這種感覺好像是額外的，也就是一種「多出來的」幸福感覺。

有時候你不需要擁有許多，真的不需要。只要你的心靈感觸到那「多出來的」那一點點，你就擁有這樣的幸福感覺。

回想經營事業的那幾年，經常要到學校演講。經歷過形形色色的演說場合：有召集全校師生的朝會時間，還有教官在場維持次序，大聲吆喝的。有些是某位老師上課的時段，也有的是某個社團主辦，公佈出去後讓學生自由參加的。針對後者，因為是自由參加不確定性也最高，也就是無法掌握會有多少聽眾來聽。有幾次不成功的經驗，沒有任何學生來。只有主辦人員出席致歉。

他兩手握著，彎腰背微駝的說著：

「很抱歉，可能是下週就要期末考試了。大家都忙著準備考試沒空來，真是抱歉。」

接著又說：

「現在學生不愛聽演講了。某某某（他講了一位名人的名字），上週來演講也只有兩個學生來，還要老師急忙召集學生充場面呢。」

他滿臉虧欠的說著。以為藉著這位名人的例子可以安慰我。

這時候，我總要訝異的問自己：「我這樣算正常嗎？」

因為面對這種景況，我的心裏居然沒有絲毫失望的感覺。反而因為不需要演講，平白多出來了下午時光，內心居然暗暗洋溢著輕鬆自在的幸福。我當時感受到的就是那一種「多出來的」的幸福。

說到這裏，請不要以為我是一個偷懶怠惰的人。相反的，我是一個非常勤奮的人。甚至可以說是重度的工作狂者。舉例證明：從前的我總是不分日夜的沉迷工作。下班之後的夜晚時光，我經常忙着工作直到深夜，就像螞蟻一樣的勤勞不停歇。想著晚上正當大家休息的時候，我卻可以如此辛勞賣力的工作，比別人多了大批的打拚時光，心中泛著無名的愉悅滿足，也就是那一種多出來的幸福感。

我驚訝的問著自己：「我這算是正常嗎？」

因為重度工作的程度，已達到連平日中午的休息時間，也不放過的要打電話連絡客戶。但是電話那端的回覆經常是：

「主任外出用餐了。」

或者是：

「現在是午休時間，請下午兩點之後再打。」

有很長的一段時間我並不喜歡中午休息時間。但也總不放過這段時間，繼續忙著工作。又開始無可救藥的暗自為這多出來的下午工作時間沾沾自喜著，也是那種多出來的滿足感。

你現在也許要回答我說：「你真是不正常啊！」

是的，我不得不同意你，我好像不是很正常。

但是這些年來，就是這樣的一種多出來的幸福感，即使身處逆境也總能平靜安穩的面對。縱使挫折連連內心也從未覺得缺乏過，因為俯首可拾皆是細微的幸福與美好。

所以有一次偶然的做了一場幸福指數的測驗，結果竟是：「恭喜你，你是屬於最幸福的人。」

即使現在已經不再汲汲經營事業了，也總能在日常生活裏尋得一種熟悉的、多出來的人生美景。

於是寒風冷冽的天氣裏，進入屋內沖泡一壺滾熱的茶，不禁由衷嘆了一聲：「好幸福喔！」走在熱鬧的市區，我會為著每一張臉孔感恩。不管陌生或相識，因為是這些熙來攘往的人潮，拼湊成這般熱鬧溫暖的街景。不管是迎面而來的面容或者是擦身而過的背影，我在心底悄悄地跟他們說聲謝謝，感謝他們貢獻了這樣溫馨的景色。若非這些人群的點綴與裝扮，街道會是如何的空曠冷清啊！

正因為這份「多出來的」幸福感，讓我學會時時感恩。

你是否已經瞭解我所說的多出來的幸福感呢？

就好像新年期間，你一定經常聽到年年有餘。事實上這一種多出來的感覺也就是有餘的心境。我相信心中隨時感受有餘，每天的生活都會是豐裕的。不管是一個午后的閒晃，一杯熱咖啡，一陣微風吹過或是汗流浹背的工作一整天，你一定可以找到那隱藏的，多出來的幸福美好。

真的不需要很多，只要內心感受到那多出來的一點或一滴，你的臉頰就足以微笑一整天了。

面對種族歧視

人的世界，真的可能平等嗎？

歧視與偏見是不是與生俱來的？

人是不是過度依靠視覺或者是主觀的意識來判斷事物？

我的大女兒今年十三歲，今天晚餐時她神情沮喪的跟我說：

「今天早上上學時，那兩個騎腳踏車的B校男生又再次的用言語欺負我。」

她繼續委屈的說著：

「這兩個男生故意騎車經過我的兩旁，把我圍在他們中間然後故意說著一些胡亂說的語言，假裝在說中文嘲弄我然後呼嘯而過。」

我的女兒，在英國偶爾會因為頭髮以及膚色不同而遭遇到歧視以及不平等的待遇，身為母親心中總是很不捨。

我也曾經遇過這種情形，心中也沮喪過。但畢竟是經過歷練的成人，自己總有更多的勇氣及幽默的心態淡然處之，不快之情緒很快就煙消雲散了。

我曾經在女兒下課之際，陪她走路回家途中，迎面來了一輛滿載學生的校車。

經過我們身旁時，有人開車窗。我天真的以為可能是女兒的朋友，於是我抬頭且面帶微笑的看著他／她們。不料，他們當中有人扔下一個吃剩的蘋果核，以及有一女孩笑嘻嘻的對我比中指。

頓時，心中充塞一種羞愧與懊惱。

那是一種自己投以友善的眼神卻換來羞辱的難過。

我告訴自己：如果當初不要抬頭去看他們就好了。

我不知道女兒是不是把這一切都看在眼裏？

因為心思靈敏的女兒在我要抬頭望向他／她們時，試圖要阻止我。只是說時遲那時快，來不及了。我已經把友善的眼神拋向他們了。

又有一天剛踏出醫院，獨自一人在路旁的公車站牌候車。對面走來一個年輕男生，他面帶笑容，我想可能是醫學院裏的實習醫生吧。

正想要有禮貌的以微笑回之，怎料，他就在經過我身邊時露出詭異且邪惡的笑容，還輕浮的說著：「Hi, little pussy!」（嗨，小野貓！）

我趕緊收起已經出去大約四分之一的笑臉，換上一張嚴肅不悅又驚訝的面容。

累積了一些被言語及行為欺負的經驗，一開始會氣憤懊惱。自己算是一個友善有禮者，卻遇到如此的對待，令人難過。但是事後想想其實最受傷害的不是我，而是這些給予別人凌辱者。他們的心缺乏亮光及愛心，他們一定受某種偏見捆綁，以致於失去愛心。多可惜，多可悲啊！特別是這些人還是如此年輕，我為他們祈禱：「盼望有一天，而且不會太慢的有一天，他們有反省悔改的機會，給予別人溫暖而不是傷害。」

女兒說著她今天的遭遇，我安慰她。同時告訴她把鏡頭拉到十五年後的景看看。女兒一直希望能成為一位建築設計師，設計出舉世聞名的建築物。我總是鼓勵她，美夢會成真但是需要很努力，而且需要上帝的祝福。

於是我要她想像十五年後的她，一位成熟美麗的女子。因著踏實認真的學習態度，成為一位建築設計師。擁有一間建築師事物所。因為懂得中文、英文、法文及德文，事業橫跨國際間。我藉機會鼓勵她，現在需要認真學習學校所教導的各種語言，如此可以幫助她認識各地文化，尊重各種族群，各種膚色，各種語言。而不是像那兩個男生，只是賣弄唇舌取笑別人的語言，反而不知長進。

於是十五年後的有一天，妳事業順利擴展，需要應徵一批新員工。妳需要各樣人才，有：管理人員，設計人員，製圖人員，會計人員也包含工地的建築工人。

其中來了兩名男子，說要應徵工人。妳看看他們的履歷：

「二〇〇九年，B校畢。」

妳看著他們的眼睛，問他們：

「是否會說中文?因為工作上可能會用到。」

他們搖搖頭。

妳從他們的眼神中可以看出來，他們已經開始回憶起一件事情：那就是十五年前，上學途中他們如何的輕視妳的背景，妳的膚色髮色以及妳眼睛的顏色。他們如何裝腔作勢的，隨便說一些語言，假設那是中文，嘲弄妳讓妳難堪。

妳再問他們：

「有何專長?」

他們也搖頭。

妳問他們：

「這些年做些甚麼事?」

他們說：

「靠救濟金度日多年，現在結婚了，小孩即將出生，不得不出來找工作。」

多年以來，勇敢的妳，從不因別人的歧視而看輕自己。妳珍惜自己的來源，妳以妳的膚色髮色以及眼睛顏色為榮。妳以自己的特有腔調為傲。妳從不看輕自己，妳總是很堅強、很踏實、很認真、很謙卑的學習。今天妳看到這兩個失業者，妳恍然大悟：正是因為兩種不同的生活態度，也就走出了兩條截然不同的人生道路。是他們自己浪費了年輕寶貴的歲月，也一再的耗損上天賞賜的禮物。而妳對於造物主給予妳的仁慈與幫助，充滿感謝。

這時候，我的女兒啊！妳千萬不要驕傲，不要忿怒不平。他們已經為著他們的所言所行付出了極大的代價。他們此刻為著失去的光陰懊惱，他們的內心裏多麼希望時間能倒流，重新再來一遍。

我的女兒啊，這時妳要難過。為這兩個原本可以有更好成就的人，卻沒有好好妥善利用上帝給予的恩賜而難過。

這時候妳要柔軟的，充滿愛心的告訴他們，多年前那時候的清晨，上學途中他們的嘲弄，妳記得很清楚。但是妳已經原諒他們了。並且告訴他們一個關於妳在異鄉奮鬥的感人故事。妳在說這些時，記住不是要彰顯妳自己的成就，而是要讓他們知道人是要彼此尊重的。雖然膚色不同，語言腔調不同，看事的角度不同，看景的高度不同，但是尊重是絕對必要的，妳要提醒他們：請給予溫暖而不是互送針刺，請給予鼓勵而非彼此傷害。再告訴他們也要如此的教導他們的小孩以及小孩的小孩……。

記得要永遠傳承著尊重，平等與愛心。

說到這裏，女兒問我：

「那我要不要雇用他們呢？」

我說：

「這要妳自己去判斷，要看看他們的能力是否可以勝任妳公司的工作。」
我們繼續愉快的享用晚餐，充滿感恩的。

出口

生活中需要出口，門是家的出口，這扇門去客廳，那扇門去廚房，這扇門去臥室，那扇門去花園，這些門你可以打開，可以關上也可以上鎖。

火車站也有出口，左邊去市中心，右邊去另一個月台，直走向前去搭計程車。登機門是飛機場的出口。一號去東京，二號去北京，三號去台北，四號去巴黎，五號去維也納。出口是出路也是方向，你所選擇的出口是你的方向，也是指引你到達目的地的指標。

你有沒有找不到出口的時候？於是你在圓環當中多繞了好幾回，最後下定決心選了一條路走下去。你一臉狐疑東張西望的看著這條全然陌生的路，繼續走下去吧。你期待找到你要去的目的地。在現實生活中，有些人找不到出口時會帶著茫然的一顆心，循著算命者的言語，或者是廟宇裏求來的命籤，試圖尋找一個出口。所以當那個大學建築系學生在畢業旅行中因一場車禍喪失生命時，大家都說了：「啊！曾經那個算命的說這個男孩活不過二十五歲啊！」

那對年輕夫妻吵架覺得婚姻生活不幸福時，妻子於是報怨說：「算命的不是說我們的婚禮上，不宜有肖虎的人出現。都怪你的哥哥，為何讓那肖虎的女兒出現在我們的婚禮中！」算命師的一席話就成為夫妻日後生活不順遂的藉口了。

一個悲傷的妻子，面對她那個對婚姻不忠實外遇不斷的丈夫時，她的婆婆說：「是啊！那算命的說我這兒子命帶桃花，一輩子註定要有很多女人。」原來希望藉由算命的出面指點迷津找尋出口的，結果卻是用自己的生活，一步步來證實算命者的言語，又順理成章的讓其成為藉口。如果要靠著算命的說法過日子，日子要如何走下去呢？

如果他們真能預知未來，九一一的飛機撞上紐約的雙子星大樓的前幾分鐘，大樓裏面那個剛剛開業的年輕優秀律師，會不會仍然優雅從容的站在鏡子前面整理他那剛剛購買的漂亮領帶，準備接見他今天的第一個客戶？那位業績其差的地產公司的男職員，會不會仍然愁容滿面的想著要如何突破窘境？那位秘書小姐，會不會仍然在心裏咒罵著剛才上班途中遇到的那個粗暴無禮的計程車司機？而另一樓層在銀行上班的那位單身小姐，會不會仍然懊惱著剛才在洗手間發現了一根白頭髮？

如果能預見未來，在南洋大海嘯發生的前幾分鐘，那一對來自歐洲的年輕男女是否仍會在海灘上忘我的親吻著？那一家人會不會仍然歡樂的享用早餐？而那位穿著光鮮亮麗，踩著細細高跟鞋的短髮女士會不會仍然嘟著嘴，邊抽著煙邊抱怨：「昨天晚上的冷氣不夠涼，害她沒睡好？」是不是因為我們面對的是不可知的未來，所以我們有足夠的勇氣面對每一天？所以在飛機撞擊的那天早上，所有人仍是若無其事的走進大樓。在南洋海嘯來之前，大家仍是滿心期盼這次的愉悅假期。就如波蘭女詩人辛波斯卡所寫下的詩句：「我們何其幸運，無法確知自己生活在什麼樣的世界。」

故事每天都在上演，也終究會在適當的時候謝幕。那些需倚靠算命過日者，真的能找到出口嗎？若真能預知未來，你會不會因為知道了你明日會跟丈夫吵架，於是在今天開始小心翼翼的說話？你會不會因為預知了某個不幸的事件即將發生就足不出戶？於是那個年輕的大學生帶著活不到二十五歲的咒詛，心驚膽顫的過著每一天。那對年輕夫妻，在婚姻的爭吵中找到藉口。而外遇不斷的丈夫，也因著命帶桃花而心安理得的在外面惹花拈草。究竟算命是找出口還是找藉口？或者是封閉自己的入口及出口？

旅途中，有時候你會遇到單行道。這時候你別無選擇，你的出口只有唯一。但是有時候你會遇到複雜的指標，你來不及細看，臨時踩了煞車。不幸時，後面的車就追撞上來。畢竟不是每個人都是頭腦清晰，耳聰目明啊！

這也就是為什麼你總會在街上看到嘴巴唸唸有詞的精神病患，他們的嘴不斷的說話，是因為要尋求出口。這時候，他們的口是他們內心重擔的出口。因為正常的說話量無法訴盡心事，要用那喋喋不休的方式，他們的嘴其實是超時的工作者，負責輸送抱怨及苦毒。多可怕的出口啊！另外聲音也是另一種出口。你有沒有看過有些人需要大聲的罵人，用一種驚嚇人的音量宣洩情緒的不滿。這時候聲音成為一種出口，一種憤怒的出口。

在社會新聞中，你會看到有人因為尋找不到出口而選擇自殺。這就像是在火災中走投無路的人，找不到出口時，就選擇到大樓的陽台上縱身一跳。這樣的出口為的是要從死亡中逃脫出來的啊！

每個人每天都在尋找出口。找到時，你也許鬆了一口氣，如釋重負的感覺。但是請不要忘記，出口不是終點，出口其實只是另一段旅程的開端。

忽然，我看到茫茫人海中的每一雙眼睛，雖然帶著不同的神情，走往不同的方向，但是她們居然如此類似，每一雙眼睛都在尋找出口。不知道為什麼，我的眼睛突然濕潤起來。

二〇〇六年一月初寫於去York的火車上

一個特別的日子

有些日子會讓你記起一些事情。今天是九三軍人節，我的小學時代，那是軍人當政，標榜軍人至上的年代。這一天需要遊行慶祝。另外八月二月二十三日也是一個特別的日子，這是我的父親曾經參加過的戰爭，當年在炮火當中衝鋒陷陣，完成戰役的父親，每每提起此戰役，總是眉飛色舞，神采奕奕。

年輕的我，從來沒有問起父親當時的詳細情形，因為我對於此事毫無興趣。當時自己的心思都在別處，可能是升學壓力，可能是年少輕狂的愁意，也可能是急於擺脫一些無形的迦鎖。對於八二三戰役當時父親的心境如何？收到徵調信時的心情？家人的態度？出發前一晚是否入眠？啟程去金門時想甚麼？內心是否很憂慮？戰爭期間的景況？勝利之後的心情？當時在金門是否結交一些朋友？回台灣的船上想甚麼？這種種細節，我之前從來沒有去想過。父親在這慘烈的戰役中死裏逃生，經常對我們述說當時的故事，只是當時我們並不很在意，視之為耳邊之風。如今記住的僅是一則輾轉由母親口中說出來的故事。在金門的時候，有一天父親聽到附近田裏的一頭牛在夜裏哀嚎哭泣，這悲戚聲音觸動父親的心，他思鄉之情懷更加濃烈，他一心只想趕快回到台灣。外表看起來大而化之的父親，其實心思細膩敏銳。總之，現在的我多麼渴望的想多知道一些關於父親的故事，然而一切為時已晚。

我的父親，終其一生用粗糙的雙手雙腳做山養育家庭。印象中他的肩頭上永遠是挑著兩端沉重的擔子，然後步履維艱，小心翼翼的踩在陡峭的山徑當中。父親不擅言詞，說話直接不懂修飾，毫無心機，有些羞澀。外人也許不知道他的偉大，但身為他的女兒，我打從心裏的敬佩他。父親有其執著及毅力，他身為長子因祖父早逝，和祖母之間有深厚的母子之情。他視撫養照顧弟妹為自己的職責。

父親在第一次大戰後出生，經歷過第二次大戰。父親的年少歲月是在戰亂及貧困中度過。在貧窮的日子裏，吃飯都成為問題時，其他的事情也就顯得不重要了。也許這就是父親很多時候，不是那麼在乎外人眼光的原因吧。

其實父親的內心仍是潛藏著溫柔細心的因子。我印象深刻的是在高工畢業那年，第一次離家去台中工作的時候，父親送我去搭車的情景。他提著我的行李，我們一前一後的走著，他告訴我：出外要注意安全。這是唯一記住的一句話。

一首歌曲，一片落葉，一種味道或者一個日子會讓你記起一些事情。

今天是九三軍人節，我不確定台灣的小學生是否還慶祝這一天？

但我確定的是，我感謝父親及母親的心，是越來愈深厚。

語言及記號

每個世代有每個世代的語言及記號，每個地區也有其認同的語言及記號。

在此所說的語言及記號，是廣泛的定義包含行為及價值觀。比如說曬得黝黑的膚色，英國人可能會認為那是富裕的象徵，有錢人家去海邊度假之後的產物，所以很多英國人喜歡把自己曬得黑黑亮亮，藉以提升自己的社會地位。但是在傳統的台灣人眼裏，黝黑膚色可能會被認為是勞工階級，在炎炎烈日下工作勞動的結果。同樣是陽光曬得黝黑的膚色，因著文化環境的不同而有兩極化的猜測。

在我的腦海裏也有一段因為語言及記號的不同而產生的童年趣事。

那是在我四歲左右的時候，住在台北的英俊小叔叔和美麗小嬸嬸帶著他們的新生可愛小嬰孩來到我們山居的農家拜訪。記憶中，我們在山上的農家養著小豬和雞鴨以及一條黑色的大狗。

有一天，我在院子裏玩耍時，嬸嬸要我去看看「阿弟仔」是不是還在睡覺？台北的嬸嬸說的「阿弟仔」，其實是指我那剛出生不久的堂弟。那是台北人暱稱的「弟弟」。在我們家中從不曾如此稱呼弟弟。我有兩個弟弟，我們都是連名帶姓的稱呼對方。而嬸嬸所說的「阿弟仔」，正好類似台灣話「豬仔」。於是我理所當然的認為嬸嬸是要我去看豬有沒有在睡覺。我於是趕快跑去豬舍看看豬有沒有在睡覺？小小年紀的我，因為得到美麗的小嬸所差遣的這份任務，內心很興奮也很認真的想要完成這項工作。於是四歲的我，站在豬舍外面，認真觀察每一條豬的姿態，這些豬隻們有的躺著，有的走著，有的站立，但是我看不懂怎樣才算是睡覺。心中很納悶，但又不敢發問。

年紀幼小的我，對於來自台北的小嬸嬸非常崇拜。我當時心裏著急，想著該怎麼辦？我真的看不懂豬到底有沒有在睡覺？怎麼跟她回報呢？我又該如何應對呢？雖然內心很猶豫掙扎，我仍然回到小嬸嬸身邊。

她問我：

「怎樣？『阿弟仔』還在睡覺嗎？」

在鄉下長大的我，個性害羞且憨厚。我不好意思說：「我看不懂。」只是傻傻的愣在那裏，小臉蛋發紅發燙著。

那是屬於四歲的記憶，我如今還記得清清楚楚當時的尷尬以及滿臉通紅的窘境。

這是發生在我的童年，因為語言及記號的不同而產生的插曲。

感恩

寄了一首詩給朋友。她告訴我，真是羨慕我的生活，想必一定是十分悠閒，所以可以安靜的寫作，有源源不絕的靈感。她說身處如她現在的景況是不可能寫出東西來的。很多人以為創作是在優雅寧靜的環境中造就出來的。事實上，我有很多文字是在火車上，或者是等車時，在人來人往的繁忙景況裏，利用時間寫出來的。我相信許多文字或藝術作品背後的思考及醒悟，是來自許多的驚濤駭浪，而非在一帆風順的環境裏。

這件事，讓我回想我在大學裏的一件事情。我的大學生活是在很艱難的情況下完成。除了沉重的課業壓力之外，還有極重的經濟壓力。我需要有收入來繳大學學費及供應自己的生活費。物質生活在當時十分窘迫。位於大度山上的東海大學，以強風著名。記憶中，我的冬天衣物並不足，經常感到寒冷。我的大學生活是經過許多的忍耐及努力完成的。

大學第一年，我除了努力在校園打工之外，還自行設計製作卡片放在書局販賣。有位同學發現此事，很好奇的想要來看我的工作室。當年我給我的工作場所取了一個很美的名字：「芸軒」。我的每張卡片也都蓋上這樣的圓形印章。那一天，我的朋友如約的來到我的住處。這是一個房東以木板隔間隔出來的窄小黑暗的空間，一間僅容納一張單人床，一張書桌以及一個塑膠衣櫥的小房間。我指著這張書桌告訴她：「這裏就是『芸軒』」。她看着這些工具，幾枝彩色筆，一些粉彩紙，膠水，剪刀，美工刀等等，表情有些失落。我看得出她的失望，好像無法接受那些精美的卡片，是來自如此卑微的環境。

看到外在的表象，而有所想像，有所期待，有所羨慕，似乎是一般人的天性。今天，我的朋友啊！我也想要告訴你，外表的光鮮亮麗背後一定隱藏了許多不為人知的部份。也許是超乎你所想像的努力與付出，也許是極大的壓力，也許是一種重擔。總之，你千萬不要去羨慕，也不要去忌妒。因為這就像是旅行社的套裝行程，當這整套東西全部要加諸於你身上時，你未必能存活。我們的創造者，早已做好最精密的規劃及安排。你只要按著你所擁有的，存著感恩及惜福的心踏上旅程，享受行程的風光即可。

心存感恩不要抱怨環境是重要的。《聖經》詩篇說：

「我不從你圈內取公牛，也不從你圈內取山羊，你們要以感謝為祭獻予神。」

隨著歲月增長，我才越來越了解感恩的重要性。詩人說，上帝不要我們的其他物品，祂要的卻是感謝的祭。我曾經思考，為甚麼感謝是一種祭呢？祭是一種犧牲，是不是提醒我們即使心中不是完全甘心樂意，也要獻上感謝？但是上帝豈會讓我們做不情願的事？於是我發現了一個奧祕之處。當你身處在極艱難很難感謝的環境中，但是你仍然柔軟你的心，甘心樂意的獻上感謝時，這個時候你會很驚訝的發現情況突然逆轉，你的境遇果然變成值得感謝的情況。你之前所遇到的種種苦難，竟然開出朵朵鮮花。你也會在風雨之後看到彩虹。我曾經在一本書中看到一句令我印象深刻的話：

「for every problem there are at least ten blessings.」（在每個困難背後至少有十個祝福。）關於《聖經》上所說的獻上感謝，為人父母一定很深刻的感受到這句話的意義。

你會對你的子女毫無保留的愛及付出，而你並不會期待子女的回饋。但是當你的兒女跟你表達謝意時，你會有極大的喜悅。因為在他們道感謝的時候，你知道她們的心是柔軟的，是美好的。於是為人父母的就有無限的滿足。

我的朋友，讓我們一起珍惜所擁有的一切，而且心懷感謝的品嚐你生命中的各種酸甜苦辣。不要抱怨你的環境艱難。因為，在每個問題的背後都隱藏著一些祝福！

巧合

開車在高速公路上，在忙碌的交通裏，有時候我會想著，也許來自對面的某一輛車子裏，我的一位好久不見的小學同學，可能正坐在車內，我和她的車子擦身而過，而她和我一樣聽著同樣的音樂頻道，同時聽著一首歌。

或者是在某一個下雪天裏，你抬頭看著天空緩緩飄下來的雪花片片。你和別人的口，在同時間裏說出來一句完全相同的話：

「哇！真是美麗的雪啊！」

或者是在某天的下午，你和一位陌生人，在同樣的時間裏踏進不同的星巴克，但是都剛好位於市區某處繁忙街角。你和他同時買了大杯的拿鐵，同時間刷信用卡付了錢。你和他同時拿著咖啡，選擇靠窗戶的位子坐下來。在同時間裏，你們的咖啡濺溼了你和他各自心愛的書本。

同時，也有可能你現在吸入的空氣，卻是你的敵人曾經吐出來的空氣。你身體內的空氣，其實是流浪過各國各城市的旅行家。你鼻孔中的氣息，曾經進進出出各種民族各種膚色眾多男男女女的鼻孔。原來，地球上的人類，是如此息息相關，這樣彼此親密。

有多少巧合的事，在我們的生命中不斷的發生，但你從未知道。甚至，在你的鄰居裏有多少對男女，在這個夜晚正在同時做愛，同時結束，同時間喘著氣。

今天早上在前往倫敦的火車上，我想著，我現在坐的這節車箱的這個座椅上，我的朋友是否也曾經坐在這相同的位子上？觀看著相同的視野？是不是也是看著這相同的雲彩？望著同樣的這一些羊群？而她的丈夫也坐在她的對面，她們談家務事，談子女，談工作問題。

晚上在回家的火車上，看著漆黑的窗戶如鏡子般，清楚的映照出自己的臉。我想著，我的朋友，你是否也曾經在相同的黑暗車窗中，看到你疲憊的面容？在完全相同的地方，用完全相同的角度，看到黑暗中的自己。

有多少巧合的事，在我們的生命中不斷的發生，但你從未知道。

但是不知道也無關緊要。

信任其實是一種循環

位於英格蘭中部的寇茨渥區，有許多綿延的山路環繞。這跟台灣的高山峻嶺很不同，這些曲折交錯的彎曲山路，總是充滿一種很溫柔的美麗。此地除了自然美景很吸引人之外，在一戶農莊外面的店面也很特別，那是一個無人看顧的菜攤子。上面放置一些青菜和水果，也標示著價錢以及有一個收納金錢的盒子。多年來行經此地多次，攤子主人從未出現過。他讓顧客自行購買付費，他全然相信他的客戶。這樣的交易方式，讓我覺得很溫暖。因為這當中充滿著信任，而人與人之間的信任是很珍貴的。

曾經有一個週末，我和當年才七歲的小女兒走在市區的街上。突然有位眼神奇怪的女士，伸手跟我要零錢打電話。我並沒有理會她，擦身而過。

我的女兒問我：「你為何不跟她說話？」

我說：「我不想冒險。」

女兒說：「冒什麼險？」

我說：「我擔心我的錢包拿出來，有可能被她搶走。」

我說這些話時，其實心中有些不安。讓那位女士擦身而過時，我的內心其時有些自責。我想：「萬一她真有急事，我居然錯失幫助她的機會。我是不是太無情了？」

我的良心很不安。我怎麼變得如此冷漠了？

而這樣的冷漠是因為記得一位友人告訴我，她曾經好心掏出錢包要拿零錢給乞討者時，整個錢包卻被對方搶走。

於是跟女兒的對話有些尷尬，我希望教導我的女兒遠離危險，但是我也不希望她變得無情。我於是告訴女兒：「我剛才應該告訴那位女士，你可以到前面的商店借電話。若她真的需要幫忙，她應該會過去店裏問。」

我不知道這是不是正確答案，但是也因此結束了我們的對話。

我有了很深的感觸，因為累積許多因著真誠付出及信任而得到的傷害後，我變得保留了。信任真的是一種循環，如果蔻茨渥區那個攤子的主人，經歷了許多次青菜、水果及金錢被偷走的經驗，他還會如此放心的販賣他的商品嗎？他是否還會對路過的人充滿信任？還是會全時間的照顧攤子？而且還裝上CCTV？

信任是循環，隨著歲月的流逝，我已經遺忘何時是起點？何時是終點？

一九九二寫給摯友

今天，收到惠美的招牌設計，覺得很感動，熱淚盈眶。

惠美是位重義氣，而且從不食言的好朋友。這麼多年來，她一直默默付出。我在大學時期，暑假打工賣報紙時，她們全家停看聯合報，改看我賣的中央日報（連續兩個暑假皆如此）。我大學一畢業開美語補習班時，她來幫我畫海報。現在我的新事業機構成立，她又送來了招牌設計，以及給我許多室內設計的建議。總覺得在這份友誼中，我獲得了許多，付出的卻少。她是伯樂，雖然我並非千里馬，她一直是支持我，賞識我的。

唸高工時喜歡寫稿投稿，每次校刊出刊時，她們全家是我忠實的讀者。

我下課從東勢搭火車回石岡。火車行經梅子時，惠美會在她家裏的屋頂平台上搖旗，算是我們之間打招呼的方式。

青少年時期的共同記憶還有：鳥群飛過天空時，我們瘋狂的一起快數著一共有幾隻，然後再核對彼此的數目是否相同。惠美的歌聲十分好聽，我心情不好時，她為我唱歌，我尤其喜歡聽她唱鳳飛飛的歌曲，特別是那一首「又見秋蓮」，惠美唱起來婉約動人，十分好聽。惠美她們全家愛橘子，我們家裏剛好有種橘子，但是我送過去的橘子，總是遠遠不如她們家買的又大又甜美。我看看自己能付出甚麼？好像甚麼都沒有。

我只有藉由禱告，祝福我的好友，我的摯友⋯⋯

願妳一切都好。

關於寫作

我相信寫作是上天賞賜的禮物。

從小不擅口語表達的我，卻可以比較輕易的用筆來陳述心情。寫對於我，是造物之主在我軟弱之處，給予我的幫助，是一份美好的餽贈。

我是逐漸拆開這份禮品的，也逐漸感受到文字的鋒利不輸利劍。文字也有可能變成一種武器。

記得那是小學三年級的作文課。一篇作文當中，我用極生動的手法，描寫班上同學的互動情形。這篇文章頗得老師賞識，於是老師把文章念出來給大家聽。但是因為把其中一位女同學寫得逼真好笑，也因而得罪了那位同學。於是有很長一段時間她不跟我說話了，我著著實實的上了一堂關於人生的文學課。

但是在老師及班上同學們開懷大笑聲音當中，我悄悄的認識了自己。原來一個總是害羞臉紅口才愚拙的女孩，她其實是幽默感十足的。那是小學時期的我，在內心裏與自己產生的微聲對話。

日後的歲月裏，對於文字的喜好，從未減輕或降溫。用書寫來思考，是一種習慣，書寫當中總是越寫越清楚。那是與自己心靈深處的對話，毫無隱藏的真誠溝通。我喜歡這樣的推心置腹，肝膽相照啊！

於是寫作常常就是一種喜悅與發現。因為我從書寫當中認識自己更深，認識別人越多。我藉由文字之洗滌，心靈更加澄澈，也益加勇敢。

現在，書寫的方向分為以下三類：

散文，是生活的紀錄。平日所見所聞所想，自己生命成長的足跡，過去的記憶，生活的感觸與點滴。這種的書寫，有時會把自己困在一種極深的憂戚黑洞裏，經常寫著寫著，內心充塞滿滿的感動，甚至痛哭流涕。有時候讓自己頭疼欲裂，原來美好的早晨，也變得如黑夜一般的沉重。這是一種很痛苦卻又爽快的書寫。

再者是現代詩，這是自己對周圍事物的讚美及詠嘆，隨時隨處隨手寫下來的一些字句。將突然跳躍出來的心思與聯想紀錄捕捉，於是每一首詩的完成都帶給心中無限的滿足與喜悅。

第三是小說，小說創作的樂趣無可言喻。創造人與事與物，營造一齣戲，再諉諉道來，有其趣味與挑戰。再者是，在小說裏，可以把自己隱藏起來。藏在某一個不顯眼的角落，或者是一句對話裏，一個表情中。我喜歡這樣的撲朔神祕感覺。相形之下，詩和散文是毫無遮掩的裸露。

有時候，我會質疑自己是否足夠勇壯的寫下去？寫作需要很勇敢很強壯，不僅是心靈層面的強與壯，需要那種赤裸面對生命，面對現實，面對自我的勇氣。同時也要強壯的身體來配搭，寫作是一件需要許多力道才能完成的工，其中包含，體力，眼力，手力，腕力，毅力，心力等等。

書寫，是集結眾多犧牲之後才能完成的工作，但我依舊執意寫著。因為我知道鮮嫩美好的幼果，總在最盛開的花謝之後，在最乾枯最醜陋之際，跳蹦出來。我殷切的寫，因為深信，寫了以後，就能留下一些甚麼。可能是一些感動，或一點回憶，算是為走過的路，聽過的聲音，做一些見證。

書寫是上帝的禮物，而我樂意與人分享拆封時的驚喜與感動。

想起父親

昨晚的月亮極明亮，半夜起床，輕輕拉開窗簾。看著月亮，想著故鄉及家人。同時我想起我的父親。生病的父親，孤單躺在床上與病魔爭戰的父親。或者應該說是，任憑病魔摧殘的父親。年紀老邁的父親可還有體力與病交戰？望著月光，我想著，這束月光是否也同樣照耀著父親蒼白的臉？

經常在睡夢中，看見父親以不同的姿態出現在我面前。年紀越長越常閉著眼睛看事情，我是閉起眼睛時看到父親的。

看到病床上的父親，有著憔悴痛苦的面容，無力的表情，呆滯的眼神。

又看到年輕時頭戴斗笠，行走在一條綠色蜿蜒的田間小路中的父親，隨性的順手折下路旁的一撮雜草。爸爸呀！您是否也深受這新鮮綠草味的鼓舞，而有著向前行走的勇氣？或者是父親肩挑重擔，碎步快走在巔陂山路的身影。爸爸啊！山徑窄又陡，您可曾被山岩絆倒過？然後獨自爬起，拍拍傷處，若無其事的繼續走下去，毫無選擇的認命走下去。或有時是叼著長壽香煙，一手插腰，從山頂上望向遠方的父親。爸爸呀！您的視線飄過高高低低的山巒時，曾經有過的夢是甚麼？

不僅看到父親的身影，多年前我也曾經在閉著眼睛時，清清楚楚的聽到父親叫著我的名字。

驚醒之後，淚流滿面。

當年因為意外，一隻眼睛看不見的父親，靠著另一隻眼睛，做山做田，耙田耕地。我有時也會試著遮住一隻眼起來，或刻意閉起一隻眼睛，想像可憐的父親，是以如何的視野看事物。

月光明亮的夜裏，坐著一個淚眼婆娑，心中充滿無盡感念的女子。

就這樣子眼淚不停的一直流，一直流。

傷心的是，對時光流逝的無奈，以及許許多多來不及的懊悔。

聲音

漸漸的我有一個結論，聲音一定是被光陰淡忘的一部份。

面容會老去，聲音卻是不易改變。

所以有時會置身在一種幻境中，也就是對於聲音感到熟悉，但面對的面容卻是陌生的情況。這是經過一些生活實驗得到的結論。

M是我國小同學，也是我最要好的同學之一。畢業之後，失聯許久。後來再度聯絡上時，偶爾僅在電話中分享近況，我們鮮少見面。電話中，她說話的語氣與當年無異，甚至是一模一樣，完全就是當年的口氣。只是說的話題與內容不一樣而已。三十年後的某天我們再次重逢時，驚覺說話口氣跟當年完全一樣的M，面容多了許多滄桑與皺紋，身上已經失去了當年的輕快與明亮。但是她聲音的清脆與速度完全是當年的樣。

A是我大學時期打工時，短暫認識的一位朋友。之後各分東西，我們在時間的河流裏，泛著自己的小舟，游盪四處，努力生活。同時間犛著自己的田地，種下一畝畝的蔬果，按著季節收割著屬於自己的成熟莊稼。誰也沒料到，多年後會因為寫作的緣故再度交會。先是在電話中閒聊近況，她那特殊的語調及口氣，喚回了當年短暫相處的時光現場。以及她那年輕美麗的面容，吹彈可破的肌膚，當年的她雖然正忙碌於詩畫展，卻仍是容光煥發，神采飛揚，那是屬於年輕的美好。

二十年後的有一天，我如約抵達說好的地點。她的出現，居然讓我感到陌生。我試著從她疲憊的面容裏，尋找過去的美麗。從微黑乾燥的皮膚裏，尋找過去的彈性。雖然聲音仍是親切的，眼前的人兒，卻像是剛認識的人，讓我需要重新認識一般。長達五或六小時的相會，我們分享近況，聊過去走過的種種，談彼此的成長與醒悟。靠著彼此的聲音，不因時間而改變的聲音，穿針引線的，把過去與現在種種串連起來。

聲音是多麼奇妙的禮物。畫水彩畫時，我曾經想要畫出聲音。這真是極大的挑戰。如何畫出輕聲細語？如何畫出巨大聲響？如何畫出發怒的狂喊？如何畫出美妙的歌聲？如何畫出情話綿綿？如何畫出鳥語獸吼？

還在思索呢！

最不易畫出來的，卻是最經得起光陰挑戰的。這個世界其實很公平。

從那個時候開始

春節是象徵團圓的季節，很多同學會都選擇在這個期間舉辦。最近跟老同學邱連絡上，也是因為我的姑姑跟邱的嬸嬸是小學同學。而她們在今年春節的同學會相聚，兩人聊天時談到我，因緣際會的再度跟邱連絡上了。

那一天邱接到我的電話時，她在電話的那一端尖聲大喊我的名字，興奮之情可以想見。邱是我小學六年加上國中三年的同學，因為身高相似我們的座位經常就在附近，又因個性皆屬友好善良，自然而然的就成為好朋友了。雖然當時升學主義盛行，大家都很在意考試分數及排名，心理上有很大的壓力，但是年輕的我們也享受了很多的歡笑。

邱說：「嘿，你還記得我們以前好愛笑喔。」我當然記得，這也是我經常跟我女兒們分享的事情。年輕的時候，一點好笑的事，可能是老師的一個動作，一種不經意的表情，一個普通好笑的笑話，就可以讓我們大笑不停。這大概就只有年輕時才有的笑聲吧。

跟邱講完電話之後，我想起小學時期的一件事情，而這件事情似乎影響著我後來的人生發展。小學一年級和二年級的導師是邱老師，當年老師象徵權威，幾乎每位老師們都很嚴厲，而學生們也都害怕老師。一開始我也不例外，非常害怕老師，跟老師講話總是立正站好抬頭挺胸。

當時我不知道邱老師正是邱的姑姑，但是有注意到邱完全不害怕老師的態度。邱跟老師講話時很自然，有一次還趴在老師改作業的辦公桌上跟老師講話，這樣的畫面讓我很驚訝，原來老師並不可怕啊。這影響了我未來對待老師的態度，後來我也不害怕老師，而且很容易跟老師們做朋友，下課時又特別喜歡找老師聊天。

最顯著的一個例子是，在大學時遇到選課的問題我還跑去跟來自英國的系主任討論說服，讓他同意我可以不需要修日文第二年的必修課，而改成修歐洲文學第二年的學分代替，成功的解脫了上日文課的萬分痛苦。這主要就是我長期累積下來不怕老師，勇於向權威挑戰的個性。

我有時會想如果沒有小學一年級時的看見，我是不是還是這個樣子呢？還是這就是我的天性，經過環境的培養與鍛鍊，自然而然點點滴滴的形成了我這樣的個性。

從水裏拉出來

孩子漸長，婦人把他帶到法老的女兒那裏，就作了他的兒子。他給兒子起名叫摩西，意思是因為我把他從水裏拉出來。

——〈出埃及記〉，第二章第十節

從小就是過敏體質的我，印象中母親經常帶我去看醫生，帶我出門時，年幼的兩位小弟總要吵著同行。如今看來短短的路程，當時卻顯得遙遠。我們從位於山間的老家走過一段田埂窄路，越過一座獨木橋，走到村子裏再搭公車到鄰近的鎮上診所看病。

我們有五個兄弟姊妹，每次母親帶我們過那座獨木橋時，總是看著她來回幾趟地牽一個過去再走回來牽下一個。有一天，是我七歲那一年，母親焦急的帶著中耳發炎的我要去看醫生，當時大弟五歲，小弟三歲也吵著要一起出門。那時候母親剛經歷一次手術，身體仍然很虛弱。我不忍心看著母親如此辛勞地在橋上奔走數趟，於是跟母親建議：

「要不要這樣，您牽著小弟，然後小弟再牽著大弟，大弟再牽著我，這樣一起走一趟就好了。」

於是，母親就用了我建議的方法過橋。當走在獨木橋的中央時，我看著橋下的沖沖流水，一時頭昏目眩，失足落橋。不會游泳的我，在水中浮游，任憑河流往下游沖去。當時我腦海幾近空白，閃現了當時電視八點檔連續劇的劇情，又聽到母親在岸邊焦急的叫喚著我的名字。突然，我抱住了一塊大石頭，母親順利地把我從水裏拉出來。

今日讀到這節經文，憶及童年的這段往事，心中充滿感恩。我感謝上帝所賜予的生命，當年是祂幫助了我，讓我的母親順利地從水裏把我拉出來。

曠野的生活

從何烈山經過西珥山到加低斯巴尼亞有十一天的路程。

——〈申命記〉，第一章第二節

一段路程，明明只要十一天就可以走到，摩西帶領以色列人卻是走了四十年才走完。是不是很不可思議？

小時候聽到一個輾轉相傳的故事，村子裏有一位嗜賭如命的男子，傾家蕩產之後，深覺愧對妻子與兒女。為了下定決心不再賭博，他砍斷了一隻手掌。但是在這之後賭桌上仍然得見他的縱影，他用僅剩下的一隻手，繼續沉迷賭場。賭博像是一座囚牢似地，把他深鎖在其中。即使曾經下過巨大的決心，他還是走不出來啊！賭博之旅程，於他竟然是環狀的，讓他找不著出口。

我們的生命裏，是不是有一些時候也是如此？明明是轉個彎兒就可以海闊天空，我們卻是繞著山頭重覆的走著走著，難以走出來。就像出埃及記裏所記載的，十一天就可以走完的路卻要花費四十年來走。看起來很不可思議的事，其實是發生在你我身邊常有的事！

一條看似簡單的路，多少人卻走入曠野當中，以致於費盡了一生的時光，還是沒走出來呢！

生命是一份禮物

今年是牛年，我是在即將進入牛年之際失去了父親。如果說要以一種動物來形容父親，牛是最恰當不過了。牛所象徵的堅毅，勤奮，勞動性情正是父親一生的寫照。父親不僅性情像牛，他一生在土地上耕耘，常年與土壤相處，他低頭專注工作的神情居然也與牛相似。父親將一生的歲月奉獻於山中與田野，他低頭安靜勞動的模樣，就像牛一樣的沉默與堅忍。如今雖然父親已離開，但是父親勤勉的個性以及為人厚道的好榜樣我會永遠記得，我也會盡我的能力傳遞給我的孩子們。

回台灣奔父喪的三個星期裏，母親也同時開刀住院，我於是就在殯儀館以及醫院之間奔波。這過程中經歷了極大極重的哀戚與憂愁，但是這當中接收了許多親朋好友的愛心，關懷，鼓勵與祝福。就是這些令我感動的情誼與溫暖，幫助我很快的度過黑暗與哀傷。

離開台灣的前幾天，是高雄燈節的最後一天。在那一個夜晚，我站在仁愛河畔，欣賞燦爛的煙火。夜空裏，此起彼落的美麗火花在黑暗裏熱鬧的綻放竄躍開來。我專注的望著深沉又烏黑的天空突然領悟了一件事情，美麗的煙火，只選擇在最黑的夜空裏放送開來。我們的人生不也是如此。有時必需在最黑暗，最痛苦的時候，才會望見最絢爛最耀眼最美麗的亮光。既然如此，何不選擇安安心心的不憂慮的走這一場人生。

英文的Present既是現在也是禮物。每一個現在都是一份禮物。歷經了這些的苦與難之後，更提醒自己享受珍惜生命中的每一分每一秒。

失喪之痛

對於一個十三歲的年輕男孩來說，失去了摯愛的母親這件事情，他的真實感受究竟如何？沒有人忍心去碰觸與探究。因為，從他的母親昏迷到死亡的三十一天裏，他從未掉下任何眼淚。甚至在喪禮中，看著躺在棺木裏的母親，他依然沒有掉下一滴眼淚。他彷彿置身事外似地看著別人哭泣著。是因為他太過於年輕而無法理解死亡，或者是憂傷的種子，已經悄然埋藏在他年輕稚嫩的心裏，而這顆幼小種子，就要跟隨著他的年歲一起成長，一起茁壯。

從前，我總是以為時間會醫治一切傷口，時間會是最好的醫生。

但是，我現在逐漸瞭解，對於某一些人而言，時間無法醫治，時間反而是一種負面養份，它暗中不斷地滋潤悲哀，栽植仇恨，繁衍疑問，時間無能醫治，他反而形成一道厚重之鎖，鎖住了一些人的心，讓人們無法逃脫而日子過得沉重不堪。

每個人的心都是一片土壤，依著土壤的性質，決定種子長大的模樣。

所以我們看到了，有人因著時間得著祝福，有些人卻因為時間，累積咒詛。

我祝福這失去母親的孩子，擁有一片柔軟營養的心田，他雖然失去了最疼愛他的母親，他仍然能夠堅強勇敢的孕育出一個健康光明的未來。

親愛的雪枝姐

您昏迷已經整整十天了，您快快醒來吧！

回想過去的這些歲月裏，您總是生活在勞碌當中。您每日每夜忙上忙下，忙進忙出，您大部份的時間都在服務別人，幫助別人。

我曾經認為您過於寵愛您的兩個寶貝兒子，現在仔細想想，才發現原來自己也是被您所寵愛的其中之一。充滿愛心的您，個性大方寬厚的您，永遠以別人優先把自我擺放在最後面的您，其實是寵愛着周圍每一個家人以及朋友。我們總是恣意地享受您的愛護與關懷。您身為姐姐，卻像是慈母一般地疼愛著弟弟妹妹們，而我們總是理所當然地享受這些溫暖，享受您的寵愛，因為您還算年輕，於是我們也就以為永遠就是這個樣子了。以致於如今我們面對昏迷中的您，我們的失落感竟然是這樣巨大，這樣的難以接受。

該用甚麼來形容您呢？想到的竟然都是讓人心疼的物品。

您有如一塊滿佈傷痕的菜砧，面對一切生命困頓，您毫無怨尤地概括全收。讓種種破碎及傷害，殘酷地堆積在您的心版之上，任他們無情地斬剁切割，而我們從未聽過您的怨言。反而，在每次的相聚時刻裏，您總是那個帶給我們歡笑最多的那一個，以致於我們那麼容易地忽略了您的苦，您的痛，您的愁，您的憂。

您又像是圖釘一樣，活生生地被現實環境釘在那裏，動彈不得。您擁有自由浪漫的天真性情，卻總是無奈地被困在某個角落，您卻又是那樣安然地，認命地被固定在那裏。即使是面對生活的最難堪，您仍然那樣地樂觀風趣看待，而越是這樣又讓我們更加心疼。

親愛的雪枝姐，您的夢想，您那些簡單的夢，還沒實現呢！

您要快快醒過來，清醒地滿足地看著這些夢想一個一個地被實現。

註：雪枝姐是我丈夫的姊姊。

為人父母的學習

大女兒這個週末剛從法國南部旅遊回來，她參加的是學校的旅行，活動主題是水上冒險活動。九天的行程裏，幾乎都是在泛舟、划船、玩水上滑板以及駕風帆船等等。多日來曝曬於陽光底下，我們去接她時，迎向我們的是一臉黝黑健美的微笑。聽她興奮地分享訴說這幾天來在野外生活的點點滴滴時，我們真高興她有這樣美好的旅程與經驗。

這次她們中學的旅遊行程有兩種選擇，第一是巴黎的文化之旅：參觀博物館以及美術館，全程住舒適的飯店。第二就是法國南部的水上冒險之旅，除驚險刺激的水上活動之外，全程都在野外露營。一開始我們都建議她去參加巴黎的文化之旅，因為看看古蹟認識文化，正是身為父母的我們所喜愛的旅遊方式。但是女兒希望參加法國南部的水上冒險活動，我們的內心雖然不是很願意，但是經過溝通後也就尊重女兒的興趣與選擇。這就是為人父母的學習過程：聆聽，溝通與尊重。

在日常生活當中，我們多麼輕易地會以我們自我的喜好與厭惡來影響孩子啊！紀伯崙在《先知》裏提及子女時，寫下的文字是我極喜愛的，在此與大家分享。他說：

你可以給他們你的愛，卻非你的思想。

因為他們有他們自己的思想。

你可以供他們的身體以安居之所，卻不可錮範他們的靈魂，因為他們的靈魂居住的明日之屋，甚至在你的夢中你亦無法探訪。

你可以奮力以求與他們相像，但不要設法使他們肖似你，因為生命不能回溯，也不滯戀昨日。

你是一具弓，你的子女好比有生命的箭借你而送向前方。

（王季慶譯）

詩人用詩化的文字所透露出來的訊息，或說是一種警語，其實正是大多數為人父母的迷思。

妳那麼缺錢啊

那天一大早，送完小孩上學之後的第一件事是去馬可先生的店裏看小提琴。女兒從小開始學小提琴，隨著年齡增長逐漸換琴，從四分之一到二分之一再到四分之三，如今已經到了要換成全尺寸小提琴的時候。小提琴老師強納森說依照女兒現在的程度，應該是可以換一把德國製或法國製的高品質百年老琴。我們從善如流，所以這段時間一有空就四處看琴。那天早上，到了馬可先生的店門口一看卻是張貼著今天休息的字樣。

雖然看不成小提琴，既然來到市區就趁此機會到百貨公司逛一逛吧。走進百貨公司的第一件事是去洗手間，當時就在廁所內的門板掛勾上發現了一個香奈兒的購物袋子，裏頭放的是未開封的幾瓶香水以及化妝品，價值大約等值新台幣五六仟元的商品。我猜想一定是昨晚百貨公司打烊之前，購物的客人匆忙間忘記帶走的。

我該如何應變呢？有三個選項依序出現：

第一，莫非是上帝送來的禮物？但只一秒鐘念頭閃過，我知道這不屬於我的。上帝好像也不會用這樣的方式送禮物給我。第二，就放在原處吧，失主可能會回來原處找，但是在她回來找之前有可能被下一個來如廁之女士帶走，所以我決定不採用這個方案。第三，拿到百貨公司的失物招領處讓失主來認領，這應該是最恰當的。我於是採用第三方案。

這件事讓我回想到多年前，在台灣發生的一件事情。那是在一個中午時間，我去郵局辦事之後，在路邊撿到了一小疊千元鈔票，我數了數共有八張。我可以想像遺失的人該有多著急啊！當年的八仟元有可能是一個老婦一個月的生活費，也有可能是一位大學生一學期的學費，於是我站在路邊等後一陣子，期待有一張驚慌失措的臉孔出現。但是等啊等的並沒見失主回來找，我於是決定把錢送往警察局。

我打電話給老公告知此事，他提醒我，去警察局要記得做筆錄，並保留一份影本為憑。老公說這樣可以確認有報案，而我可以在六個月之後去詢問是否有人來招領，依照法律規定，若無人招領，失物應屬於撿到者。

時光匆匆，轉眼六個月已過。有一天我抽空到警察局一趟，拿出筆錄影本詢問值班警員此案進展如何？是否有人來領回？那位警察先生一副心不甘情不願的樣子，慢吞吞地去翻閱這件六個多月以前的檔案，結果是沒有人來認領。那時候這位警察先生居然很不悅的問我：「妳那麼缺錢啊？」說真的，我當時並不缺錢，但是當時涉世未深的我，被這突如其來的冒昧一問，顯得有些尷尬。

幾十年前的一件往事，後續發展如何已經毫無印象。但是那天早晨走在異鄉街頭時，自己故鄉的人民保姆所說的這一句話，卻突然清楚地在我的耳邊迴響起來。不知道今天的台灣警察辦案精神如何？希望守法做事的人民可以得到更多的鼓勵而不是嘲諷。

出口成章的老師

昨天在女兒鋼琴比賽的現場，坐在前排座位有位女士不斷地咳嗽起來。我從皮包裏拿出口香糖，問她是否有需要？她萬分感謝地拿了一顆，含在口裏不久之後，不再聽到她的咳聲了。這顆口香糖確實有幫助，可能是口香糖裏面的薄荷有潤喉的果效。

有咳嗽經驗的人都知道，咳嗽是難以控制的。在我們教會有一位行動遲緩，經常雙手雙腳發抖的老人家。他每次都拄著拐杖單獨來到教會，他的氣管顯然微弱無力，經常大聲地咳嗽。那是一種令人震驚又不忍卒聽的咳聲，聲音拖得很長很長，濃痰甚多的咳法。每回看到他總是佩服他的意志力，一個老人克服多重困難出現在教會裏，真是不容易啊！坐在他身邊的人，總會適時的為他倒開水，給予協助，表達愛心與關懷。

在這些咳嗽聲音中，勾起我的一件往事，遺忘許久的一件事情。國中一年級時有一天感冒了。當時因為功課繁重，很少人會為了感冒而請病假。當天上課時，我的喉嚨突然很癢，難以控制地咳了起來。這位斯文又英俊的老師當時面露不耐煩的神情，緩緩地說了一句話：「己所不欲勿施於人啊！」老師文謅謅的語氣我還記得清楚。我當時很羞愧又很難過，喉嚨又癢，按耐不住的還是一直咳了起來，忍也忍不住啊。我為自己無法控制咳嗽而影響他人，心中充滿虧欠。當被老師責備時，我還以為別人都有辦法控制咳嗽，只有我不會呢！

後來才發現咳嗽確實是難以控制的。每當週圍有咳嗽的人時，總會盡力提供一些幫助，或者是以言語或眼神安慰之，無論如何也不會露出不悅或不耐煩的表情。

期勉自己盡量做到雪中送炭而非雪上加霜。

留學生與葉金川

時代的巨輪翻滾再翻滾。

輪子上面沾滿的究竟是塵埃、泥漿、血跡還是金錢？

多年以前，第一次踏出國門來到歐洲時，在海外遇到華人總是倍感親切。當時看到東方人臉孔，只要觀察其穿著樣式，衣物品質及搭配，甚至髮型，總能猜出此人來自何處。然而隨著時光流轉，全球化的結果，現今大家的穿著樣式已然相似，光憑外觀難以猜測其來處。唯一能夠讓我猜測準確的一個憑據，大約僅剩下語言的腔調了。

人在異鄉，只要是聽到台灣腔的中文或是台語、客家語，總是格外地親切溫暖，那是故鄉的聲音，傳遞了來自家鄉的呼喚。

最近看到了台灣留學生與葉金川的對話影片，有一種極為不堪的感受。台灣的國家地位不明，身在海外的台灣人被人問起國籍時，總有一種尷尬與無奈。每每看到來自落後貧窮的小國人民，畢竟也還有個名正言順的國家可以依靠，有一個屬於自己的同時也被國際社會認可的國家時，羨慕之情便油然生起。

我曾經在英國銀行辦理事務，需要填寫來自的國家時，眼看著銀行員的電腦檔案裏拉出來一長串的國籍裏，卻遍尋不到屬於自己的國家時，那種心情有點像是流浪的孤兒找不到家的感覺。擁有一個可以填寫的國籍，看似簡單又理所當然的一件事，對於台灣人民卻是如此遙不可及。台灣的國際處境複雜混濁，難怪留學生和葉先生兩個人怎麼大聲說也說不清楚的啊！

那一天在網路上，聽著我親愛的台灣留學生同胞與親愛的台灣衛生署長，他們在海外說著我台灣故鄉親切的語言，卻無法找到交集；他們有著相同的文化背景，卻難以溝通；他們大聲對吼著，用著我最熟悉的家鄉腔調，卻怎樣也說不清楚時，只覺得有一種痛在內心撕裂開來。

日內瓦的這一場謾罵，是不是就是台灣政治環境的縮影？

時代的巨輪不停地轉動著，不知道所承載的台灣前途將會抵達何處？或者最終將會成為巨輪下面壓扁的一團泥漿？還是只是巨輪之下揚起的一片惱人塵埃？啊！但願不是這樣。我趕緊拿出橡皮擦來，快快擦去內心負面悲觀的想法，寧願繼續相信明天會更好。

穿同樣的衣服

昨天晚上做了一個夢，夢到一個親戚，那是一個多年沒見面的一個親戚。這個夢沒有劇情，沒有對話，只是一個畫面。這個畫面真實生動的呈現在我前面，是那位親戚坐在一個庭園咖啡屋的戶外座位的景象，而他身上穿著的衣服跟我的一件舊衣服居然一模一樣，那是一件黑白線條相間的棉質休閒上衣。就這樣的一個夢，一瞬間閃現即過，十分簡短。

這位親戚是一位善於花言巧語，不負責任的男人。他的女人，一生死心塌地的為他付出，年華已然飄逝，女人的舊仇新恨卻與日俱增。可恨的聰明男人加上可憐的愚昧女人，等於無止盡的嘆氣及責備。這位行為舉止讓我無法苟同的親戚，多年未見，卻在夢中相見，還跟我穿著同樣的衣服。偶爾與人撞衫總是令人發窘，更何況是與這樣的一個男人撞衫，可以想見我的心中是何等的不悅與不願。但是這個夢過於簡短，連我的心情如何都還來不及表達時，我就醒了。

醒來之後，讓我想到《聖經》裏耶穌所說的一段話：「你們不要論斷人，免得你們被論斷。因為你們怎樣論斷人，也必怎樣被論斷。你們用甚麼量器量給人，人也必用甚麼量器量給你們。為甚麼看見你弟兄眼中有刺，卻不想自己眼中有樑木呢。」

在這樣一個簡單的夢裏，有一件事情深刻感動著我：這個負心的男人，只是一個軟弱可憐的人啊！他沉溺於黑暗當中無法自拔。雖然我看輕這樣的一個人，甚至不屑於與他相提並論，但是因著這個夢境，一個簡單的畫面告訴我，人原本都很相似——穿著同樣的衣服！若不是我在年輕時就認識了這位奇妙的上帝，我可能也如這位親戚一樣，是一個生活在黑暗中的人呢。然而，因著信仰，生命的亮光照亮我，時時刻刻在我的軟弱處剛強我，調整我，造就我，更新我的生命，於是生命中充滿亮光與恩典。是上帝的憐憫與慈愛讓我脫去舊衣換上新裝。

一個簡單的夢境，大約只有一秒鐘，卻隱藏著深刻的提醒。生命成長之閃亮鑽石，總是鑲在這些細微之處，也因此成就了生命之美好。然而，這也是容易被忽略的。如同一道光，你可以去看見他，也可以讓他輕易地瞬間消失，毫無影跡可尋。

心情的轉彎

在平順的日子裏，很容易地可以安慰他人的難處。當自己行到艱難處時，要如何自處？就需要更高的智慧與信心了。

六月該是享受繁花盛開的愉悅季節，卻也是花粉熱發作的旺季。眼睛奇癢，鼻塞流鼻涕不停，非但無法專心做大小事情，心情也弄得亂糟糟。醫生說除了吃抗過敏藥點抗過敏眼藥水之外，就是要遠離花卉。他繼續說，特別是在花粉熱情飄送的日子裏，最好就是關緊門窗足不出戶。乍聽之下有些沮喪，花園曾經是上帝為我開啟的一扇窗，當我從花花綠綠的商場世界裏，轉身到花花草草的鄉野歲月時，就是從這片大自然天地裏獲得了許多的感動、感嘆與安慰。如今居然開始有了花粉熱，是不是就好像上帝把這扇窗戶裝上了鎖？拉起了厚窗帘呢？一定不是這樣的，這其中必定有新的祝福與看見。我自問自答起來。

幾年前閱讀一本書時，其中的一句話令我至今難忘：「For every problem there are at least ten blessings.」（每一個問題當中至少可以找到十個祝福。）於是多年以來習慣性地，當內心沮喪或心中失去平安的時候，總會想到這句話，也會試著伸出手指頭來數算一下恩典與祝福，心情同時也跟著大轉彎。

生活的憑證

寫作的進度緩慢。因為並沒有給予自己太多的壓力，只是隨性隨意隨時而寫。所以在一天結束之前，如果有寫下一兩千字，自己覺得品質還可以的文字作品時，內心就感到滿意快活。一天的光陰彷彿沒有虛度了。

寫下的文字好像是生活的憑證。

現在寫作，完全是屬於自己的興趣了。我執著的寫，沉迷的寫，不為財富，不求名利，就只為興趣而寫。

有時候想到當年體弱多病的鍾理和，寫作的桌子是用兩塊木板勉強拼湊起來的，而我有一張寬大堅固的桌子；還有當年經濟窘迫的洪醒夫是一家四口擠在租來的西裝店二樓裏寫出細膩感人的作品，而我有一個溫暖舒適的空間，生活無虞。想到這裏，我期許自己在寫作上，勤勞澆灌更多的認真與專注。

陰影

教導水彩畫的書本裏寫著這樣的一句話：「The objects only become real when you add shadows.」（物體只有在你加上陰影時才會變得真實。）

確實如此，缺少陰影的畫，好像漂浮在畫紙上的物體，一點都不生動真實。我們現實的生活裏也是如此，總會有陰影存在。因為光線的另一面就是影子啊！對於所謂的陰影，應該是用平常心去看待，用感恩的心去面對。因為是這些陰影，讓我們的生命更加深刻與鮮活。

提到陰影的畫法時，書上說：「投影往往比物體上的陰影更暗，投影中最暗的部份緊靠物體。」

這句話讓我深思許久。我想到我們生活當中陰影的產生，是否也是如？「投影比物體本身更黑暗」，常常都是如此。事情的本質也許並不黑暗，但是經過一些投射與聯想，就變得黑暗不堪了。「最暗的部份是緊靠物體」。這句話，讓我想到的是時間的醫治。陰影發生的當下，是心情最黑暗之際，然而時間是最好的治療師。許多令人傷心或難堪的事情，經過時光之河的沖刷與滋潤之後，一切都將再度清朗。

繪畫的觀察也是人生的寫照。

閱讀高行健

當時，沿途的一個個城市全都瘋了，圍牆、廠房、高壓電線竿、水塔、人手營造的一切建築物都喊起誓死捍衛，打倒，砸爛和血戰到底的口號。車裏的廣播和車外所經之處的高音喇叭全都高唱戰歌，火車也一路吼叫，到了長江北邊一個叫明光的車站，天知道怎麼還有這麼個地名，從站台到鐵軌兩旁，密密集集全是逃難的人。火車乾脆不開車門，人紛紛從敞開的車窗爬上來，落進已成沙丁罐頭的車箱裏，令人窒息的車箱裏的眾人拚命又去關窗。於是，以窗玻璃為界，本來都在逃難的眾人裏外又互為敵人。這透明的窗玻璃就這麼古怪，一旦隔開，對方的臉全都變形，充滿憤怒與仇恨。

火車吼叫著起動了，石塊像暴雨一樣襲來，咒罵聲，撞擊聲，碎裂聲伴隨驚叫，響成一片，人下地獄時大抵就這番景象……

——高行健，《靈山》

以上是高行健在描寫文化大革命時所見到的一番景象。也許就是因為這種種的經歷與看見，他才會說出生活並不是慶典這樣悲觀的言語。閱讀高行健總覺得他的文字十分冷靜，這大約就是他走過嚴竣的人生道路之後所造就出來的吧。

文字書寫像一面鏡子，有些文字真實的反映出生活；有些像放大鏡，誇大了事實面；有些像顯微鏡，讓人看清了隱藏中的細微角落；有些像霧鏡，刻意叫人看不清。

窗口

當我推開窗戶，風景於是來訪

全面換新裝

大部分老人家觀看自己年輕時的照片，望著今與昔判若兩人的外表時難免唏噓不已，總是有一種恍如隔世的感慨，但是這樣的情形應該不會發生在蕾塔身上。

蕾塔和約翰是一對八十歲左右的老夫婦，蕾塔一向善於裝扮自己，她喜歡將自己打扮得高貴美麗又典雅。不管在甚麼場合看到她，她都是美美的極具質感，臉上畫著雖濃卻不讓人嫌的彩妝，從頭髮到鞋子都看得出是經過她一番仔細打理，而且呈現出來的成果也是令人滿意的，可謂賞心悅目。相形之下她的老公約翰顯得比較隨性，但是因為擁有這樣的一位水某（漂亮老婆），做人丈夫的他也要稍做配合。所以當蕾塔穿著紅色系列的打扮時，約翰同時也會打上一條紅色領帶，若老婆今日穿上紫色大衣時，約翰裏面的襯衫就出現了紫色條紋。有一次看到蕾塔穿著一件很艷麗奪目的七彩顏色的外套，我忍不住的誇獎她：「這件大衣穿在您的身上真是好看。」她流露出高興的燦爛笑容說著：「謝謝，謝謝，我總要說這就是我的約瑟七彩衣呢。」這時候我瞥見坐在她身旁的老公約翰掏出了一條七彩顏色的手帕擤著鼻涕，想必老人家著涼感冒了。

我不禁想像年輕時的蕾塔該是如何的一位大美人呢？她雖然已經是八十歲的老人家了，還是如此美豔。她如今年老之際，還是這樣的在意外貌，那麼她的內心又是如何的一番光景呢？她是否眷戀青春或者懷念過往？

我的復健師馬克・李斯特曾經是一位著名的童星，他曾經演過一些知名電影，如：《孤雛淚》、《兩小無猜》、《畢業旅行》……等等。我在二〇〇二年認識他的時候，他露出害羞的表情不願意提起過去在鎂光燈下的燦爛日子，顯然他要專注此時此刻的生活，特別是他的診所生意，他要全心全意經營他正在起步的事業。

十年後再次見面的時候，聊天之際我問起他是否懷念從前的日子，那一種眾星拱月讓多數人羨慕的多采多姿的明星生活。他說那是截然不同的生活，不過現在的他生活也是過得不錯啦。他那一種帶著眷戀的表情我看得出他似乎開始懷念從前旅行拍片受人矚目的日子。他又感嘆說著：「不過我現在仍然可以四處旅行啦！」接著問我：「不知道台灣的電視公司是否有興趣邀請我上電視節目？」

從他的眼睛裏我看到了他的改變，十年前的他想退隱銀幕生活，如今呢他想把握任何機會露臉，於是我想到二〇〇九年他的好友麥可・傑克森過世時，身為好友的他曝光率極高，他到處上電視談話性節目陳述他與好友的交往情誼。那一段時間裏不僅打開電視機時經常可以看到馬克，連報紙雜誌也是大篇幅刊登有關他的的照片以及文字報導。我當時就在想著馬克四處接受採訪上節目，他的診所生意還做不做呢？他不是想要開始新的生活嗎？他究竟在追求甚麼？如今聽他所言我大致了解馬克近幾年來的心情起伏與轉折。

曾經看過一則報導介紹關於人體組織的更新與變化，內容大致是說人體內每一種組織都有它自己的更新速度，而這速度快慢則取決於這些組織細胞的工作量。比如說，皮膚的更新頻率是兩週，骨骼是每十年更新一次，而細胞更新的周期是兩百天左右，所以大約經過七年之後，每一個人的整個身體就要全部更換成新的細胞了。我們所熟悉的身體，其實是處在隨時隨地不知不覺的在變換更新中，然而當身體正在變化之際，我們的思維不也是同時間處在一種更新狀態中嗎？當全身細胞經過七年替換一次之後，每一個人想法的改變應該也是換了一回又一回了吧。

不管是更新或者念舊，此時此刻的我們其實就是嶄新的新人。因為時光無法重來，走過的一趟就是絕無僅有的一趟，每一次的新舊更替都是無法取代的過程！

啟蒙／啟矇

成長經驗是一連串的領悟或者有人說是頓悟，也就是大家所熟悉的啟蒙。這種啟蒙過程中有一些情節，因時日久遠而褪色成為糊掉的記憶，然後不知不覺的跟自己的性格與思想融合以致無法辨識。但是也會有一些片斷紋理，清晰可見的呈現出當時的景況。比如說我高工畢業後想考大學的那一年，我除了在補習班上課之外，同時也在一家自助餐廳打工。餐廳位於補習班林立的市區，在那裏除了我這個高四班的工讀生之外，另外還有兩個大學外文系的女孩也會在用餐時間趕過來打工。

對我而言，那是一段不是很開朗的日子，與日俱增的聯考壓力加上不被家人支持的升大學想法。當時我的父親認為既然從職業學校畢業，應該留在建築師事務所安份的畫圖，就像我的其他朋友她們那樣，他認為升大學是多餘的一件事。於是在那樣的過程當中，我感到自卑難過也承受莫大的壓力，所以經常安靜無語。而這兩位大學女孩就顯得充滿自信與開朗了，我時常聽到她們與老闆之間的有趣對談。

有一天中午時間，客人尚未進來，我們正在整理一盤又一盤的熱菜之際。這位友善的老闆，我記得他是一位韓國華僑，他開始跟我們這群工讀生閒聊，其實主要是跟這兩位大學女孩。他說，有誰知道Book還有什麼其他意思？另外，有誰知道Table還有什麼其他的意思？我在職業學校就讀時英語並不重要，自己也沒有太用心在這個科目上，所以我當然是不知道了。而這兩個大學女生的回答是甚麼，我也已經忘了。但是，我記得很清楚，我是在那一個中午，在鬧烘烘的自助餐廳裏，許多客人開始進門來拿著餐盤，在前面排著隊點菜，然後我開始忙著幫忙打菜之際，學習到了Book以及Table這兩個字的另外意思。

自此以後，每次打電話跟旅行社訂（book）機位時，偶會記起這件往事以及當時的心境，或者談話時談到了Time table之類的話題時，也會濺起一些從前的浪花。Book和Table這兩個字，好像是一個印記，在我走出This is a book以及This is a table的英語階段時，蓋上了一個戳章。

諸如此類的啟蒙或學習經驗，是大家所熟悉的，因為人們總是在觀察反省中，逐漸成長逐漸成熟，並且建立了自我的價值觀或者認識了普世的價值觀。對於生活在自由世界裏的人，我們多麼幸運，可以隨時張開眼睛以及耳朵，盡情接受外在的刺激與滋養，這樣的成長經驗對於出生在北韓囚牢營的S，顯然是不可能的。

S一個來自北韓的青年，二〇〇五年他二十三歲那一年，他逃離了北韓的囚牢營。從那時候開始，他才有機會打開視窗，望見另外的世界。在這之前，他以為囚牢營就是全世界，或者說，他以為全世界的人都跟他一樣，生活在囚牢營裏，跟他過著完全一樣的生活。他出生於囚牢營，從小到大接受衛兵給予的訓練，他的是非觀念以及價值觀，全部來自衛兵的教育課程。他生活在那裏面，吃著極簡單的食物，經常餓肚子，有時過於飢餓，會去外面拔一些青草雜食，有不錯的表現時，會多給他們一些食物，甚至囚牢營的衛兵也會以性作為獎賞，讓他們得到發洩機會。

衛兵們並且教導這些孩童，如果父母或家人的行為舉止有異常，一定要報告舉發。所以他十三歲那一年，當他發現他的母親與哥哥有計畫要逃離這個囚牢營時，S跑去舉發，而他親眼看著母親與哥哥被逮捕處決。但是他以為他這樣做是對的，他認為他做了一件很榮耀的事情，他也誤以為他將會因此得到更多的食物做為獎賞。但是，結果是他被抓去地牢關閉苦毒，當時的他仍然認為他做正確的事情，關於舉發自己親人之事他毫無愧疚，他引以為傲。

這樣的日子，直到二〇〇四年，在囚牢營裏來了一個新人，這個新人悄悄的跟他分享了外面有一個不同的世界。從小到大都在囚牢營裏生活的S，他的生活中只有充滿飢餓與毒打，他完全不知道外面有不同的世界，他說他甚至不知道地球是圓的。而他也以為這是正常的生活，所以當這位朋友跟他說，外面的世界不是這樣的時候，他一開始不相信。但是漸漸的他開始信任這位朋友，因為這位朋友，看到S總是吃不飽時，竟然願意把他自己的食物分給S。這樣的舉動，著著實實的溫暖了從小到大都未曾吃飽的S。於是二〇〇五年S邀約這位朋友一起逃離。S說他逃離的動機不是為了自由，因為他當時不認識自由兩個字，他也不知道甚麼叫做自由。他想要逃離，純粹是希望能吃飽以及不再被毒打，他非常厭煩這樣的日子。

於是他跟朋友計劃一起逃離，但是過程中他的朋友不幸失敗，而他成功的奇蹟似的逃離成功。於是他跟全世界分享了他的苦難，他的悲劇，以及對於母親及哥哥那份深沉的罪惡感。雖然他是無辜的，那是整個制度害了他。但是，他說身為兒子，他無法釋懷他難辭其咎。雖然此刻S已經生活在自由的國度裏，但是過去的經驗所綑綁住他的，看來仍然需要很長時日來解開釋放，因為過去太沉重悲慘的記憶讓他始終無法快樂。

S從前的日子裏，好像過著被矇住眼睛矇住良心的生活，他是在二十三歲才有機會將矇住他的這塊布掀開來，或者是他自己扯開來，而逐漸建立起正確的價值觀念。

這是一個真實的故事，書名是《Escape From Camp 14》作者是Blaine Harden。當華爾街日報的記者訪問作者說，你如何相信S所說的真實性呢？

作者的回答是：「我首先以他身體的傷痕來驗證。比如說，十三歲那一年，他被處以火刑，整個身體吊起來像烤乳豬那樣的刑罰，所以他的背部是明顯的恐怖的燒傷痕跡。又因為S告訴他某個事端發生，他失去手指頭，我也親眼看到了S失去指頭的手。以及逃難時，他被電網擊中時用力掙扎留下的傷疤。他跟我述說的每一個故事時我就檢驗他的身體，我確實看到了一處處傷口疤痕。」

可憐的S，他無可選擇的在自己的身體上留下怵目驚心的印記，這是他為啟蒙所付出的代價，以身體著著實實的刻下一個又一個血淋淋的戳章，真是令人心疼。

孔子的國籍

阿瑟是一位庫德族後裔，一個高大帥氣，一身古銅色肌膚的中東男子。年輕時從土耳其流浪到德國，再從德國漂蕩到英國，一路奮鬥的過程，也算是一部顛沛流離的個人心酸史。如今他已結婚生子，總算安定下來了。但是說起初到英國，被醉酒無禮的英國人辱罵歧視的經驗時，仍然咬牙切齒的氣憤著。多年以來，阿瑟給我們的印象就是既憤世嫉俗又熱情真誠的一個人。阿瑟圓滾滾的黑眼珠裏，總是釋放出一種不安與驚慌的神情。

前幾天見面時，看到他堅持依照回教習俗，在六個月大的寶貝女兒身上別著象徵可蘭經的一塊四方形黑布時，我才察覺到他童年的信仰，其實早已深深的烙印在他的內心裏面。一種為人父極盡細心呵護的心，藉著這一方布塊悄悄的透露出來，令人動容。只是他圓滾滾的眼珠裏，憤怒與不安似乎仍未散去。那天下午，當我們閒聊時提到《聖經》舊約的亞伯拉罕時，他說亞伯拉罕其實是伊斯蘭教的始祖，卻是被基督教佔為己有。亞瑟說的這一句話，讓我憶起大學時期，一位韓國僑生說的話。這位來自韓國的華僑朋友說，他小時候經常跟韓國同學吵架，因為他們都說孔子是韓國人，那時他總要生氣的爭論，因為他認定孔子是屬於中國的。

時間和記憶好像人生裏的縱橫軸線，而我在漂漂渺渺的空間裏，因著一句話，突然停留在一個座標定點上。於是我在英格蘭中部小鎮的咖啡屋裏的一場對話，喚回了多年以前學生時代的另一場對話，不同的人事物，卻彼此招呼對應，有了交集。時間是消逝了，但是藉著記憶，我又重新複習當時的情景與對話。

說起孔老夫子，在我認識的人當中，對於至聖先師的儒家思想，有兩極化的評價。有一些人視為珍寶，也有一些人視之為毒瘤。孔子，一位致力於傳道授業解惑的老人家，恐怕也無法想像與理解，關於這些未來的演變，這些歷代君王如何引用他的思想，作為統治鞏固自己權位的工具。他也一定沒有想過，春秋戰國時期，國界並不像現在這樣清楚的世代，他可能連自己是那一國人都無法說清楚，但是未來卻有一群人因著他的國籍而爭吵不休。他也一定從來沒有想到他的教學講義，會成為這麼多世紀以來的暢銷書。

孔子的時代已然消失，孔子的思想卻是留給後人或無限景仰或無盡爭執。我們也許可以說是他個人生命的延長。但是無論如何，跟孔子本人似乎又是無關。因為對於他的思想有錯誤詮釋的，他也無從爭辯或說明。這樣說來，後來的人似乎佔盡了便宜，因著每個人的環境教養個性需求，可以隨心所欲引用某一句孔老夫子的話來證明自己，來符合自己，來說服大眾配合成就自己的權位。

一種言論可以成為一種工具，藉以達到自私目的。被應用發揮的最淋灕盡致的，應該算是歷史上記載的，以上帝之名行統治之實的故事。最近閱讀的一本書是《誰的應許之地》，書中提及猶太人與巴勒斯坦的阿拉伯人同住在一塊土地上，這地究竟該屬於誰的？作者開宗名義的舉出許多的提問。其中第一個問題就是，這塊土地應該屬於猶太人嗎？因為在耶穌之前，亞伯拉罕及其後裔在此地居住了數百年，而上帝應許了他們所謂的永遠。加薩走廊長久以來就有世界的火藥庫之稱，這是當地人民的不幸。因為長年戰爭，上帝所賜的平安始終無法抵達到這塊土地上。

也許亞伯拉罕確實是伊斯蘭教的祖先，而孔子也許也可以算是韓國人。這些對於我們這個世代的個人有何意義？有何關聯呢？他們是那裏人，似乎都不是重點，也沒有必要藉此爭個輸贏。我想，能引歷史為借鏡，追求愛與和平的才是贏家吧！

在英國加油

一

英國的加油方式與台灣不同。

在英國加油沒有人員協助，需要自己動手加油，然後再進入到店裏面付費。加油站裏有安置ＣＣＴＶ，以防不肖之徒加了油就跑掉。但是ＣＣＴＶ也不是無懈可擊的，有時不一定能幫助找到真兇，甚至可能危害到好人。

我有一位朋友的先生有一次去加油時，剛好就遇到有人加油不付費的案發現場。警察調出ＣＣＴＶ，發現朋友的先生正要付款的鏡頭。這位溫和的英國紳士，那一天本來要用信用卡刷卡，後來不知道為何又改變主意改用現金付費。結果ＣＣＴＶ調出的畫面，恰巧攝影到這位先生的這樣一個畫面，那是他的表情猶豫一下，又把信用卡拿回來的鏡頭。就是這樣一個不完整的畫面，讓警方認定他是一個偷賊，警方大膽假設他必定是一個偷了信用卡又偷加油的歹徒。案發之後，警方立即到朋友家搜索證據，並將朋友的先生帶到警察局盤問，讓朋友及先生以及小孩們飽受驚嚇。這期間他們進出法院多次，因為沒有經費聘請律師，一切的辯證都靠自己。整個事件延續半年才真相大白，宣告朋友無罪，朋友的家庭也才恢復寧靜。

事件過後，朋友全家從北英格蘭來訪，這位朋友的先生跟我們聊及此事時說了一段話讓我印象深刻。他說：

「那六個月的時光裏，我吃睡平安，因為我的良心是清潔的，我相信上帝的公義必要彰顯，我無所懼怕。」

那段時間正逢這位先生失業，又遭此無妄之災，看起來是不幸的。但是他們憑靠堅定的信仰，度過了生命中的艱難時刻。朋友一家樸實又真誠的見證，讓我為之動容。

二

英國的加油站各有不同的價格，即使是同一家公司的連鎖加油站，價格也會因地點而有所不同，這點跟台灣很不一樣。在英國各個加油站的外面會高高掛起一個牌子，上頭寫著今日的油價，清楚地告知顧客做公平的交易。

上星期開車去伯明翰，恰巧需要加油。路途中經過一家加油站，上面的牌子寫著一公升100.9 P時，就停下來加油了。因為這個價格比起其他家算是便宜的，當天大部份的加油站一公升都是在103.9 P左右。但是老公加油的時候，發現真正計算的價格是106.9 P，與招牌上的價格不同。心中雖然有種上了賊船的感覺，但是既然已經啟動加油器了，也只好繼續下去。但是我們決定只加五英鎊（約新台幣兩百元）就好。

當我進去店裏面付費時，這位年輕的英國男店員看到我只加五英鎊的汽油，居然露出了嗤之以鼻的表情，然後對我說：

「你的車子又大又不錯，但是你卻只加五英鎊的汽油。」

我回答他說：

「是啊，請問你是不是忘記更新那個牌子上面的價格？」

他露出有些驚慌的表情，然後將雙手一攤搖搖頭說：

「這我不知道，我只是在這兒上班而已。」

我繼續說：

「我們其實就是因為這樣才只願意加五英鎊的油……」

這時候陸續有客人進來付費，他連續說著一長串：

「OK ok ok ok……」

急急忙忙阻止我再說下去，我付完費後也就離開了。

上車之後想著，如果在從前遇到這種情況，我應該會據理力爭，要求店家按照公告出來的價錢計費。因為依照公平交易的原則，此店家絕對理虧。但是現在的我，卻已經不再那樣理直氣壯，對於不平的事反而有更多的包容。這樣的改變，不知是好是壞？是對是錯？

歲月的大石磨悄然已將人們有稜有角的心逐漸研磨成圓滑形狀。人與人之間的衝突或許因而減少，然而，是否也因此變得冷漠與退縮？我想著，在這間加油站加油進出的人無數，難道沒有其他人發現他們如此的不肖作法？還是大家都不了了之？就像我那樣安靜的離開，於是讓他們有機會繼續欺瞞下去。

突然記起德蕾莎修女說過的一句話：「愛的相反不是恨，是漠不關心。」

那一天，我是不是錯過了應該站出來大聲講話的機會？

我的鄰居

有一段時間沒看到老鄰居珍了。

今天她邀約我們去她家喝咖啡分享近況。昨日電話中她告訴我，此刻正是移植我所喜歡的百合花的季節，她已經備好一些可以移植的花束，我剛好可以去看看。珍總是如此細心與體貼，那是去年的事情，一整年了她居然沒有忘記，而我早已經忘得乾乾淨淨了。去年百合花盛開的季節裏，有一天我來到她的花園欣賞盛開的橘色百合花朵，我讚嘆的詢問她這樣的花種照顧的難度高不高啊？她看得出我的喜愛，並提及明年適合移植的時候會幫我移植。

幾個月未見了，我們先是一番閒話家常，分享各自家庭近況，她老公鮑伯身體微恙但無大礙。她月底即將拜訪她的妹妹，這位妹妹從小送人領養五十幾年之後才相認。再談談左鄰右舍，十二號家裏那隻肥大的貓兒走失，十八號的大女兒去伊拉克當義工，三十號門前那棵八十年的老松樹大風雪之後倒蹋了一半，三十六號的九十九歲老母親在某個深夜安然過世，像睡去一般。

再談國家社會大事，當我們聊及這幾天在北愛爾蘭發生的羅馬尼亞種族衝突事件時，他們兩老意見相左。珍說：「暴力行為該受譴責。」鮑伯說：「且慢責備，先問問這些羅馬尼亞人，為何遠到北愛爾蘭來呢？」珍說：「不管來的原因為何，暴力就是不應該。」鮑伯說：「尚未找到事情發生的真正原委時，我從不輕易下結論。」珍說：「無論如何不該用暴力解決。」兩老一來一往，小吵一架，僵持不下。珍說：「關於這一點我們始終無法有共通點，算了，走，我們去花園走走。」

邊走邊聊，接著就是感嘆經濟蕭條失業率攀升以及人心險惡今不如昔等等等，我們總是無所不談，道別之後我們各自忙碌去。

我們接著去購物買菜接小孩，兩小時後回到家就看到門口放著珍送來的移植花種以及如何做鵝莓果醬的食譜。那是早上見面時，我請教她如何製作鵝莓果醬，她當時已經清楚給我指導了，沒想到她連書面資料都親自送來。關於是能夠服務他人的事情，珍一向謹記在心，她總是竭盡心力的出力協助。她擁有一種從來不敷衍的生活態度，這種精神令我折服不已。

今天的短暫見面，鼓舞我近日十分平靜的一顆心。我想到近八十歲的珍，如此充滿活力與熱情，相形之下還算年輕的我未免閒散。懶散的心也為之一振。

想到珍充滿愛心與行動力的人格特質總是讓我覺得很溫暖，真幸運有如此的好鄰居。我趕快寄了封電子郵件跟她道謝一番。同時也在內心裏誠摯地祝福她永遠年輕健康有活力。

人生的路

有一次在教會聚會結束時有一對年長的夫婦過來打招呼。他們輕聲細語的自我介紹說他們是莉莎與葛林，他們的年齡看起來應該超過七十五歲了。他們膝下無子女，夫妻倆看到有來自亞洲面孔的人便很好奇地過來詢問聊聊。

他們說從前有很長的一段時間在日本宣教，在亞洲度過了他們的青春歲月，對於亞洲總有一份難捨的情感。莉莎說她真希望能繼續留在日本，只是當年在英國的父母年邁生病需要她回來照料，否則她寧願留在日本啊！提及多年前的往事，她的語氣仍然充滿著無限遺憾。她的個子嬌小纖弱，聲音平靜細微，眼前的這位英國女士具有那種日本女性典型傳統的柔美。

自從那次交談之後，偶而會看到葛林出現在教會裏，但是很少再看到莉莎了。僅僅有一次，那天是我們開車經過繁忙的馬路時，瞥見了正要過馬路的老莉莎，她纖細的身影，遲疑的腳步正要跨走出來的一個鏡頭，恰巧被我瀏覽窗外風景的視線捕捉到。

今天早上坐在教會中，突然想起莉莎鬱鬱寡歡的一雙眼睛，有一種感動與疑問：「不知他們近來可好？」聚會結束時我走到葛林身邊跟他聊聊表達關心之意。

葛林感謝這份突如其來的問候，當我問起莉莎近況時，他面有難色的說：「她其實情況並不好。」

我問他：「是怎麼了？」

他說：「不知怎麼的，她就是缺少從前的活力了。」

我說：「改天找莉莎出來我們可以聚聚聊聊。」

他沉重的臉上有微笑飛過，開心的說著：「好啊！好啊！」

很高興今天順服內心微小的聲音，走過去跟老人家表達內心的關懷之意。

看到老人憂鬱的臉龐裏，閃過一抹笑容時，我感染到的是一種孤單。

人生的路走來艱辛，特別是步入晚年之後，更需要人與人之間互相溫暖的扶持。這樣一來，踏出去的步伐或許可以安穩一些些。

昨晚去看表演

昨天晚上到小女兒的學校看歌舞劇表演，這是一場由學生們自行編導的演出。所有表演都是在六月初，學校期末評鑑考完之後才開始彩排的。真是令人難以相信，孩子們能夠在課餘的有限時間裏做出如此專業的表演。

每次參加完女兒學校的活動，回家時心裏面總是滿滿的感動。這個學校，在校長的帶領管理之下充滿朝氣與活力。全校採House制度，每個年級有四個班級，每個班級隸屬於各個House之下。這次表演就是這四個House的歌舞劇比賽，由House裏高年級的學生負責策劃督促完成。每個House有各自的樂團、舞台設計、道具、燈光、音效等等。就像專業的表演一樣，讓人不得不驚嘆讚美這些中學生們的才藝與天份。

學校裏因為House的制度，學長姐與學弟妹們有許多的互動。因為每年都有各式各樣的活動與比賽，凝聚House裏各年級學生之間的向心力。House裏每個學生總是盡心盡力的在這些活動與表演中貢獻自己的才華與心力，盼望能為自己的House爭取最高的榮譽。在這些活動裏，我看到學生們專注、自信、主動、熱誠、奉獻、有責任感的精神。

長期下來，學校學生們以自己的學校為榮，以其House為傲。此校學生們不僅學術上的表現卓越，各樣的課外社交活動也極豐富活潑。這所學校不愧為教育界裏的一個美好典範。我總覺得這學校所給予學生的，其實是每個孩子在求學階段都應該享有的。

昨天表演結束時，在熱烈掌聲歡動中，我瞥見了校長臉上的滿意笑容。我相信他一定為他的學生們感到十分驕傲，就像我們這些家長一樣。

我由衷地感謝他，我認為他是一位名符其實的教育家。

跑步的朋友

昨天做了一個夢。

夢見一位多年不見的朋友。在那個夢境裏，沒有任何情節，也沒有甚麼對話，更談不上有任何背景。只是一個很簡單的夢，我夢見我的朋友，一個人跑步著。很孤單的跑著，一個人很努力的，汗流滿面的向前跑著。

這位朋友多年不見，容顏應已改變。但是夢中未能詳細觀看他的面容，整個夢境清楚簡單，就是他一個人跑步著。

生命如果是一場旅程。每個人，是不是都像這樣，孤單的跑著，一路汗流浹背的跑著。一直跑到生命的盡頭呢？

我在心中，祝福這位生活充滿勞碌的朋友，跑步中仍不忘欣賞沿途的清新空氣以及迎面微風。

事情的源頭

有位朋友工作一直不順利。事出有因，她的言談舉止總是隨性，甚至會讓人覺得失禮。朋友是位頗有能力而且心地善良的好人，雖然身為好友，有時也會覺得她的個性過於輕率，容易傷害到一些與她親近相處者。也許是一種輕蔑的眼神，或者是輕描淡寫的一句話，都會傷及週圍心思稍微敏感脆弱者。多年以來，我們都還年輕時，當她工作失利並對上司有所抱怨時，我總是站在友人的這一方，深深相信她受到了不平的待遇，也為她抱不平。直到步入中年，她的情況依舊，我才恍然大誤，事情的發展，果然都是循著某種路徑走著，若不經過大調整，前面的路徑不會突然變直反而是出現圓的形狀，也就是同樣的事情會不斷循環重覆。

J是位聰慧的女性，如今老夫老妻晚年生活和諧又充實。有天聊天時她說起近日與他們兒子的關係大為改善。在這之前他們已經十幾年未曾連絡與交談，J說起這件往事時淚珠在眼眶裏打轉著，她說她的心真是碎了。

我也認識一對退休夫婦，過著閒雲野鶴般的快意生活。閒聊之際，提起其中一位兒子時，空氣瞬間好像凝固起來一般，一向開朗健談的兩老突然沉默起來。任何人都會察覺到其中隱藏許多不為外人道的辛酸史，我們也適時地轉換掉話題，在多樣的人生裏擷取另一段輕鬆容易的話題來說。

最親近的人所造成的傷害往往是最深刻的。所有的事情發生都有原因，大部份的人都不願反省自己，去看透自己內心深處的結，再勇敢的面對這個結，並用行動去解開這個結，反而喜歡怪罪推托其他的因素。

就像工作不順利的朋友可能怪罪上司，客戶或是金融危機經濟不景氣等等。J對於兒子讓她心碎的表現則怪罪學校的鬆於管教。而J的老公卻是責備老婆當年的過度寵愛及軟弱，但J卻是深深相信就是老公過於嚴厲的教育方式讓他們親子之間越來越疏遠，甚至後來反目成仇人。而那對退休夫婦，雖然沒有直接說出來內心受傷害的經過，但是從他們無奈的面容裏，似乎也隱藏些怨氣，想必他們也相互指責過。

人生不是完美的，問題與日子總是同步來到。中年以後，終於學會釋放怒氣與怨氣，並試著用幽默的態度以及愛心代替責備與怨恨。《聖經》上說，不可含怒到日落，值得深思並需要身體力行。因為怒氣停留在內心越久，傷害越大。負面的情緒是一座監牢，能夠解開枷鎖，從那些情緒中走出來者，才會有一顆自由的心。

祝福大家每天都有一顆平安喜樂的心，這是最美好的寶藏。

人生的選擇題

K來自南韓，十一歲的時候隻身來英國唸書，在一所昂貴的私立寄宿學校就讀。K的父親在南韓政府裏擔任高官要職，父親的知名度很高，在英國的電視媒體經常會出現與她父親相關的新聞與畫面。有一天晚上當室友們在電視的國際新聞裏看到K的父親時，大家喊著起鬨著。只見K憂憂的說著，我已經好久沒看到我爸爸了，每次都在電視上才看見他，K一臉有所失落的表情，讓原本熱鬧的起居室裏一時鴉雀無聲。

人生是由無數的的選擇題組合而成的。K的父親選擇了自己的政治生涯，卻忽略了他的家庭生活，所以他的獨生女兒K，被迫早早結束童年，一個人孤單地來到海外求學。當同年齡的室友們說起一些自己的童年趣事時，她只記得與保姆靜靜度過的那段漫長日子。

當童年的腳步越走越遠的時候，K與父親的距離也越拉越遠了。這樣的局面，是他父親始料未及的，當K還小的時候，父親難得有空與K相處。父親認為沒有關係，小孩還那麼小，她連話都還說不清楚呢，有沒有見面應該無所謂吧。他就只管全心地衝刺他政治的事業。當他鞏固了他的政壇地位之後，他更加沒有時間與家人相處，因為他需要使上數倍的力氣與精神來捍衛他辛苦建立的地位與勢力。在他人生的選擇題裏，他一直不斷地圈選了政治這個答案。

人生百態，呈現眼前有如一面面的鏡子。

在人生的選擇題裏，我們各自作答。這不是是非題，沒有對與錯，但是每個人都在暗暗地品嚐各自選擇之後所結出來的果實。

使命感

每個人活著的方式不同，展現出來的生命氣質也不一樣。

在我認識的人當中有一些人，生命的質地裏存著一種使命感。就是這樣的使命感，讓我看到她們的不一樣，即使她們的年紀已經老邁，有著滿臉的皺紋與風霜，她們穿著樸素不華麗，但是經過長時間相處之後，她們的美麗總是讓我驚豔與感動，而且是隨著時間有增無減。

瓊，就是其中的一位。她是一位慈祥和藹，熱心助人的老人家。她長期為弱勢團體發言，比如曾經一個冬天低溫飄雨的日子，我看到她在市區熱鬧的街頭靜坐抗爭。當時的我，正因為一場突然來臨的大雨，想要尋找可以遮避風雨的場所時，我看到了瓊，身材嬌小的瓊，她無視風雨存在的靜坐在街角的顯眼之處。我走過去跟她打聲招呼，她為的是要爭取國際間關注巴勒斯坦百姓的生存問題。我心中升起一股敬意與歉意，她老人家不畏風雨的精神，令我動容，而年輕如我輩者，是否應該可以貢獻更多？當我看著外面的當下，也望向自己的內在。

八十歲的瓊，擁有不錯的學歷，倫敦大學國王學院畢業。但是她一向謙卑樸實，她從不吝惜給予行在生命低谷中的人一個熱切的擁抱，她也不會坐視一些不平等的事，儘管她的力量薄弱，她卻不輕看自己，總會有所行動與付出。比如說爭取人權活動，她與她的丈夫大衛，就是經年累月的寫信到世界各角落為爭取人權而努力。

每一個人的眼界如何，就活出如何的生命樣式。

可能是因為來自的背景以及所處的環境不同，建立了每個人不同的生活方式，也可能是每個人看見這個世界的角度不同，或者大部份的人的眼睛裏就只有看見自己！像瓊這樣的人，畢竟是少數，她們好像是世上的光，在黑暗之處，燃燒著亮光，照亮著一些人，感動著一些人，溫暖著一些人。

說話的藝術

「一句話說得合宜，就如金蘋果落在銀網子裏。」

——《聖經》箴言

那一天下午，十二歲的小女兒說要去樹林間拍下一些秋天的落葉即景。於是我們並肩地走進這般寧靜的風景裏。女兒忙著取景，按下快門，我若有所思地欣賞這秋意正濃的季節，想著同樣也是四季替換的的人生風光。

「Hi, Jessica。」我的鄰居叫我。

他獨自一人正在他們家的後花園裏工作，收拾整理一些枯枝與落葉。我們於是閒話一番，有好一陣子沒看見他老人家了。他今天穿著一件鮮紅色的襯衫，十分顯眼醒目。健談的他，話匣子一打開，總是關也關不住。他喜愛天南地北的聊天。他說：「太太的姐姐最近從北方來訪，昨日剛剛離去，他們乘坐公車而來，也搭乘公車回去。這個姐姐，是個無禮之人，說話總會傷人。好比說，她就指著我身上的這件紅襯衫說，你這件衣服實在太紅了，我不喜歡。還有，有一天晚上，我們吃過晚餐，坐在客廳裏閒聊時，這個姐姐居然直接告訴我說，請不要再說了好嗎？你一直一直的不停說話，令我頭痛呢。」

我聽著聽著，時而附和，時而客氣的安慰他一下。好不容易找到一個合適的機會打斷他的話，問候他太太可好？然後跟他說：「我們還要往前走一走，等會兒回頭去拜訪他和太太，不知是否方便？」因為有好一陣子沒看到他的太太了，她是一位慈祥的老人家，我想去跟她打聲招呼。

約一小時後，已近黃昏，我們來到鄰居家了。因為我們還有其他事物，所以只打算作短暫停留。鄰居太太溫柔體貼的問我們：「有空喝茶嗎？」我說：「改天了，只是過來打聲招呼，一會兒就要走。」簡單聊一下近況後，當我們道別時，鄰居先生說：「臨走之前，我想讓你們看看我即將完成的桌子，一下子就好。」我們於是走到他房子後面的工作室，看完之後，我誇獎他的創意與手工，並客氣的說：「等全部完成時，我們一定要再過來看一看。」他很滿意的點頭說好，然後他又指著一些修整砍伐過的花園角落，告訴我們他近日的規劃，然後邊說邊走著，他又說要讓我們看看他剛做好的一扇木門。這時我只好告訴他說：「下一次了，我們真的必須離開了。」他這才想起來，我們的時間真的有一些趕緊了，他改口說：「是的，好好好。我們改天再聊。」

走回家的路上，女兒問我：「你沒讓他說完，他會不會也跟別人說，你那麼無禮。」

我說：「應該不會吧，我一直都保持很有禮貌吧，不是嗎？」

她想了想就說：「對啦，確實。」

我想到鄰居的鮮紅色襯衫，以及他太太的姐姐的心直口快，嘴角不禁泛起微笑。我望著女兒的笑臉，想著這寧靜的秋日午后的這個小小插曲：多樣的人生，豐富的景色，而語言好似一帖秘方，端看各人是否準時服用，而且切記千萬不要過量。

拒絕陽光的人

英國的夏季，白日漫長夜晚簡短。晚上大約十一點左右黑夜的幕才正式拉下，清晨四點鐘不到天色已經微亮，旭日在五點左右悄然東昇，此刻鳥鳴啾啾，它們或跳或飛或跑，熱鬧不已。

大致上，此地的夏天比較受到歡迎。夏天的大型購物賣場裏總是販賣著各種關於花園及戶外活動的物品及家具，這是一個讓人心中充滿生氣及盼望的季節。在街上，放眼望去，大家穿著清涼，步履隨意的走著逛著聊著，空氣中瀰漫的正是假期的輕鬆氣味。在英國，夏天衍然就是放假的代名詞。雖然此地人們也會抱怨最近以來的天氣悶熱難耐，但是比起冬日的冰冷嚴寒以及冬夜的漆黑漫長，大多數人還是寧願喜歡明亮的豔陽天。

相形之下，英國的冬天，總是讓人搖頭嘆息。在沒有陽光的陰天裏，才下午三點多夜色就迫不及待的摸黑臨到，而清晨微光總要等到八點左右才心不甘情不願的出現在蒼白的大地之上。黑暗又溼冷的冬季正是許多憂鬱症患者的病發期，於是有所謂的「季節性的憂鬱」（SAD Disorder, seasonal affective disorder）之稱，又稱為Winter Depression或者叫做Winter Blues。冬日的灰暗色彩竟然也能擴散到人的心人的腦人的五臟六腑，大自然的染料，俱驚人的感染力。

瑪格麗特，一位滿臉風霜的英國女士。她原本是一位小學教師，長年深受憂鬱症所苦，不得不從職場退下，在家休養身體。她大約六十歲出頭，但是她有滿臉的皺紋一直延伸到脖子上，令人印象深刻。這些皺紋像是頑皮的孩子拿著鉛筆不斷的隨意的無心的塗寫，脖子上的一圈圈皺紋，更是令人驚心動魄，像是一圈圈的鐵絲勒住了她的頸項。瑪格麗特說起話來有些接不上氣，像是被這些皺紋困住一般。

令人無法理解的是，瑪格麗特的憂鬱病情卻是好發於陽光充裕的夏天。她說太陽光的照耀讓她緊張，日頭的熱氣讓她心慌意亂，每一個豔陽高照的日子都帶給她無盡的沮喪。為了杜絕陽光普照帶來的困擾，她盡量避免白天出門，非得要出去時也要戴上大墨鏡大帽子，再套上厚厚的長袖衣服才能走出門。平日在家她也要拉起厚重的窗簾。她說，處於黑暗狀態讓她比較有安全感。夏季的亮麗陽光對她而言宛如一道道真實又直接刺上身體的刀光劍影，讓她躲閃不及，而且傷痕累累，疼痛從皮膚表面一路延伸進入到內心裏的黑淵深處。

患有憂鬱症，心靈原本就孤單，瑪格麗特因為與一般的憂鬱症患者又不相同，總是難以受到認同與瞭解，所以她心靈雖然空虛卻擁有加倍的孤單。她的行為被其他人視為異常，所謂其他人包括憂鬱症患者以及非憂鬱症患者。

今天下午步行經過公園時，看到豔陽天裏，陽光盡情灑下，鋪蓋整片綠油油的草地，各式各色花朵嬌媚綻放。青草地上的男男女女，老老少少，或躺或坐，有的戴起墨鏡，有的穿著清涼衣裳，有些男子甚至還脫光上身，他們恣意享受著陽光的熱情寵愛，呈現眼前的是十分閒適的一幅景象。這時候，我突然想起瑪格麗特這位拒絕陽光的女人，我看著公園裏這些笑臉迎向陽光的紅通通臉龐，才知道這是一張張最幸福的寫照。我同時默默地祝福瑪格麗特，祝福她從陽光的恐懼中走出來，重新享受每一個有風有雨有陽光的日子。

位置

有經驗的人物畫家說，畫人物畫像時只要五官的位置正確，其他的部份再仔細酌磨，結果也就不會差太多了。位置正確與否，對於畫人像是很重要的一個要素。

每個人在人生的座標圖裏也有一個位置。只要位置正確，其他或者因為天賦差異或所遇到的機會不同，但各人只要盡本份，在自己的位置做一些努力，這一場人生也就不會有太多的遺憾了。

英國最近針對青少年的反社會犯罪行為所作的一項研究結果顯示，許多犯罪者來自的家庭正是所謂的問題家庭，比如說是單親家庭，由母親扶養八名子女，而這八個孩子分別出自四個不同的父親。試想這位母親面對不同的親密愛人，她在不同的位置裏更替著，將如何適應良好。想必她的孩子們也在這些複雜關係位置中顛沛流離。

位置欠缺穩妥時，心情必定也歪歪斜斜，這樣的日子如何有平安。更是無法將平安帶給周圍的人，所以這一族群就成為麻煩製造者了。

每一個人在人生大座標裏的位置當然遠比畫紙上的位置複雜許多。如何把X軸與Y軸置入人生這座大框架中，就不只是一道簡單的數學題而已了。

套裝行程

很久以來，我就不再羨慕別人了。

值得讓人羨慕的事也許有很多，但是我早已不被一些外在的表象所吸引。也許有人擁有顯赫的身份地位，有出自大富大貴的人家，有姣好的身材與容貌，有各種天賦與才華，或者是一夕致富的彩券得主，或擁有漂亮雄偉的大莊園，或者有著總是綠意盎然的大片綠地與花園。總之，可羨慕的事一定有許多，因人而異，但很久以來，我就不再羨慕這些事了。

不羨慕別人，不是因為我是一個高傲的人，目中無人，不屑於這一切。不羨慕別人，也不是因為我自己已經擁有了這一切。不羨慕，是因為我知道上帝早已經把最適合每一個人的生命安排妥當，每個人都應該心懷感恩的接受自己的人生旅程。

有一年，我們想把車子送給人，也開始在尋找最合適的這個人選。首先，得知的是來台灣宣教多年的一位美國宣教士，當時他正需要一部可以代步的工具。我們猜想他應該是最合適的人。但是，後來他婉謝了我們的好意。他說，這部車子太大，太耗油了，他實在負擔不起。後來，我們想到了另一位朋友，他們一家四口沒有車子，孩子們又小，生活極不便。朋友得知我們要贈車，一開始十分歡欣的接受，但過了幾天卻告訴我們說，他們想了又想，想了又想，雖然有這樣的大車很好，但是日後需要承擔的大筆開銷，油費、稅金、保養等等，他們真是無力負擔。

這件事情，引發了我許多的思考。

一般人也許會羨慕別人擁有的進口豪華轎車，但是事實是，真的要送給你時，才發覺自己並不適合擁有這種大車。因此我得到了一個結論，人生其實是一個套裝行程，是上帝為每一個人量身訂作的套裝行程。

每個人的套裝行程裏有獨一無二的A、B、C、D、E、F、G……等等的旅程。這些行程就是各式各樣的酸甜苦辣，而這個中滋味，就只適合該人去品嚐咀嚼與消化。你可能只看到了某人的A與B而羨慕不已，但當你看到他的CDEFG時，你就會驚嚇得打退堂鼓了。因為這是一組套裝行程，你不能說你只要此人的A與B就好，而不要其他的。這是造物者所精心設計規劃的套裝行程，是無法任人拆解的，而這當中祂有奇妙的計劃。

這就是為甚麼，很久以來，我就不再羨慕別人了。因為我深信奇妙的造物之主，祂早已經為我量身訂作了一套最適合我的行程。而我，就只管安心坦然地欣賞沿途風光，細細品嚐咀嚼屬於自己的這一份酸甜苦辣了。

以貌取人

最近閱讀一本書，作者提及許多美國大企業在應徵高階經理人才時，看到身材肥胖者就會不做考慮地將此人排除在錄取名單之外。這些大企業的質疑是，此人連自我的健康都無法管理妥善了，又如何能說服別人他有能力把公司管理好呢？

這算不算是以貌取人？

我們從小開始接受的教育常常告訴我們，人不可貌相，海水不可斗量。西方社會也總是教育小孩子們Don't judge a book by the cover，不要以書本封面來判斷書的好壞。言下之意，就是勸告大家千萬不要用外表來論斷事物。東西方社會一致苦口婆心的用諺語來強調勿要以外貌來判斷一個人，是不是就是因為這是全世界人類的嚴重通病？每一個人都會輕易犯下的錯誤？也就是說，是不是全人類都有這樣的一個現象，言行難以一致？明明知道不可以貌取人，卻又是難以逃脫這個囚牢（偏見）？

今天晚上再次看了李安的電影斷背山，《斷背山》是安妮・普魯克斯一九九九年出版的《近距離：懷俄明故事集》的最後一個故事，原著中的兩位男主角的長相都非屬俊男型。傑克是一位個子矮小略胖，一笑就露出暴牙的男子。對於埃尼斯的描述則是高鼻樑，瘦臉型，邋里邋遢，而且胸部有點凹陷，上身短，腿長又有些彎曲的傢伙。文字世界裏描寫的的正是這樣其貌不揚的粗俗牛仔之間的真摯動人又無奈的同性愛情故事。

李安為何不忠於原著的尋找外貌相似者擔任主角呢？當然是因為最現實的電影票房因素。而追根究底的原因正是人們喜愛觀看俊男美女的天性使然。

經常聽到有人提起被欺騙的經驗說，那人看起來忠厚老實沒想到⋯也聽過一些婦人對於一場不幸的婚姻做了註解，當初嫁給他就是看他一表人才沒想到⋯⋯

以貌取人是不是人類無法避免的宿命？

足球記事

一

克蕾兒是來自蘇格蘭的一位博士研究生，她在中學擔任體育老師，後來拿全額獎學金來到我們鄰近的一所大學作博士課程的研究。她的研究論文主題是，運動中的道德觀。認識她的那幾年，正好是大女兒熱衷踢足球的時候，那時候每個週末都會帶著女兒南征北討四處參加足球比賽。在緊張刺激的觀賽當中，一切以贏為出發點時，克蕾兒的運動道德理論常會不經意的閃現腦海中。

大女兒當時對於足球十分投入，充滿熱情。

有一年歐洲杯足球賽，女兒所支持的球隊慘敗之後，小學五年級的她，難過得哭了起來。妹妹看到姐姐哭了，她安慰姐姐說：「Mr Jones said you can be a good loser.」（瓊斯校長說你可以成為好的失敗者啊。）

這句話出自小學三年級的小女兒口中，讓我們印象十分深刻。Mr. Jones是當時她們的小學校長。校長所教導的一句話，居然可以不經意的讓小孩子脫口而出，而成為鼓勵安慰他人的一句話。以致於在多年之後的今天，在專心觀看精采的世界杯足球賽的時候，我還會記起這件往事以及這句充滿智慧的一句話。

甚麼是good loser呢？我想就是全力以赴，雖敗也猶榮吧。

二

觀看世界杯足球賽時，面對激戰的兩方，你會不會在內心為某隊加油呢？選邊戰是不是人類的天性？觀看球賽時，家人之間總會互問一下，你希望誰贏呢？

任何的參賽，若有來自台灣的，我一定會全心全意支持。其餘的，我的原則與習慣是支持弱勢。至於如何認定弱勢？這就充滿我個人的偏見了。

比如，當來自歐洲的白人隊與非洲黑人隊比賽時，我一定支持黑人隊。因為從歷史角度看過去，黑人處於長期被壓迫的地位，當然希望他們的生命中可以多一份歡樂。或者當來自封閉的共產國家球隊與自由民主國家的球隊比賽時，我會選擇支持共產國家隊，因為來自貧窮專制國家的隊員們，可以慶賀的事情想必不多，這些球員平日難得出來，當然就祝福他們得到好成績，讓生活多一份喜悅了。若是來自相同地區，又是相同膚色的球隊呢，我就依照國家的國力來決定，選擇國力較弱的一方。如果國力不相上下，就看最近的時事新聞來決定，比如該國是否面臨多事之秋？是否有任何大災難發生？我會選擇支持那值得同情與需要鼓勵打氣的那一邊。

英國國家代表隊是由多金的明星球員組成的一支隊伍，這些生活富裕奢靡的球員們，花邊新聞以及誹聞不斷，從來沒有欣賞過他們。所以之前的兩場球賽，我並沒有支持他們，但是第三場時，我的立場改變，選擇支持英國隊。瞭解我選邊戰原則的女兒們，好奇的問我為何改變？我的回答是，前面兩場令英國人大失所望的比賽後，此刻英國人民對於這一場關鍵性的比賽寄予厚望。而且，最近以來為改善赤字的英國聯合政府，大刀闊斧的刪減預算以及增稅措施，再加上BP漏油事件等等，讓整個英國社會的小老百姓們叫苦連天，憂心悁悁。此刻英國球隊贏球也許可以帶給這些人們一些歡樂，不也是一件美事。

我對於弱勢的決定充滿偏見，又是可以隨時調整修正。比如，原來支持的一方失去理性行為令人不齒時，這就令人唾棄了。或某隊表現實在太優秀卻錯失過多的機會時，我也會反過來為他們加油。我也曾經想過，其實黑人隊也不一定就比白人隊需要更多的支持，也許這一些黑人們在他們國度裏，也是屬於享受權力極盡揮霍，生活奢華的一群人呢。

不過，選邊站只能說是看球賽的另一種樂趣罷了。畢竟，我只是一名觀眾又不是法官，何必多事的好像想要裁定甚麼似的。

你用甚麼代替了笑容

大約三年前我的朋友布來恩決定把多年來經營成功的事業賣了。現在的他，平日除了在當地學校兼課教一些法文，以及幫助一個戲劇團體做舞台燈光設計之外，就是在兒子們的學校當義工。工作上的改變，不僅改變了布來恩的生活，也改變了布來恩的外貌。

少了經營事業的沉重壓力，布來恩整個人看起來輕鬆許多。從前的他，因為事業的重擔，使得他眉宇緊皺，始終無法舒展開朗。個性原本就急躁的他，因為每天面臨繁重的問題，更加顯得失去耐心。身為老闆，可以解決的問題老早被員工或其他主管處理掉了，會送到他面前的多半就是難以解決的問題。長久下來，重複著日復一日，面對難題，解決問題的高壓力生活，逐漸塑造了布來恩一張不輕鬆的，隨時備戰的臉。如果他的生活不改變，我真是無從知道，原來布來恩也可以有這樣開朗輕鬆的笑容。

號稱經營之神的王永慶，最令我觸目驚心的就是他嘴邊深刻的法令紋。我不是一位研究面相者，只是那兩條深深的溝紋，總讓我揣測著，他的生活究竟承載著多少的心思及計量？他可曾愉快無憂的歡笑過？記憶裏似乎難得看到他帶著笑容的照片。據他最親密的事業及生活伴侶三娘描述，王董事長整天沉思，不愛說話。她要跟他說話時總要先構思清楚，必需言之有物，有時她跟他說了些零碎的雜言雜語，還會挨罵。如果連日常生活對話，都要像做簡報那樣的簡捷有效率，那麼生活必定不輕鬆。於是我看到了一幅嚴謹的家居畫面，呈現出一場沉重的生命寫照。

我好奇的想像，當年的王老先生，如果也像布來恩一樣，在生命的某個轉彎處轉型了，如果沒有龐大經營的重擔，他的臉部表情不知道會不會不一樣？會不會出現另一種情形，就是台灣少了一位成功的企業家，多了一個快樂的老人家？當然，如果布來恩的事業版圖，是如王老先生那樣的壯觀時，從急流中勇退下來的勇氣需要更大了。

如果工作是謀生的工具，也就是賺取夠用的金錢來維生的話，多少人因為工作犧牲了笑容，愛心，耐心，家庭及健康？原來是要維生的反而是危生，也就是危害到生活的基調了。

寫到這裏，我離開電腦，趕緊去照照鏡子，看看自己這些年來所形成的是怎樣的一種表情？

角度與視野

愛丁堡最著名的購物街是王子街（Princes Street）。一天清晨，我們全家踩著急速腳步走在王子街上，為著趕赴早晨九點半開始的貝多芬早餐。路上其他行人腳步大多悠閒，途中當我擦身而過走在一前一後的兩位女孩身旁時，其中一位誤以為我是她的同伴而跟我說話，一發現認錯對象立即跟我道歉。隔著一段距離，我聽到她跟朋友說：「剛才我還以為那個陌生人是妳。」後來跟老公說起這段插曲，順便提到讓人說成是陌生人有些奇怪。雖然對她而言，我確實是一個陌生人，但如果是我，在這樣情況下我會說「那個人」（That person），而不會說「那個陌生人」（That stranger）。老公說：「那女孩是否是年輕？一般年輕人看待人事物時比較會以自我為中心。」的確是如此，但除了年齡外，因著個性、環境、教育或者教養的不同，看事情的角度就有不同。有些人年紀已然不輕，但是看事情角度純粹看重自我。

有一天的午餐時間裏，在Royal Miles上一家餐館用餐。因為國際藝術節，整個愛丁堡湧進了成千上萬的大批遊客，讓這家小餐館擠著滿滿的客人，可以說是座無虛席。幾位服務生忙上忙下，這桌點餐，那桌送上食物，這一桌結帳，那一桌清理，不停歇的忙碌。結帳時，我跟一位女服務生聊了幾句。

我說：「真是忙碌的一天啊！」她用帶著濃濃的蘇格蘭腔英語說著：「是啊，但是周末更糟！」我有些不解，再問：「更糟？妳的意思是更忙碌嗎？」她說：「是啊！比現在還要糟糕。」

女服務生全然以自己的角度看事情，她直接的對客戶坦露心意，毫無遮掩。換個經營者的角度來看，看見生意如此興隆，心裏必定充滿歡喜，絕不可能會用worse來形容忙碌了。

每個人所在位置不同，看到的角度不同，所獲得的視野也將不同。偏偏每件事物都有從四面八方看過去的角度。有人懂得設身處地換換角度看事情，心懷因而寬闊舒坦。也有人總是堅持自己的立場，僵持不下的結果，戰爭因而引發。

角度竟然像水，能載舟也能覆舟。又像利刃，能解剖疑難處行醫治之力，也能製造傷口，衍生問題。

街坊鄰居

羅伯特和希拉蕊是住在我們這條街盡頭的一對鄰居，一對開朗健談的夫婦。近八十歲的老人家，二十幾歲就從倫敦來此定居，至今已經五十多年了。他們正是目睹此地這半世紀以來變遷不斷，人來人往的見證人。

跟他們聊天話題很廣，從政治，經濟，文化，教育，甚至黛安娜王妃之死。而且他們總有一些驚人之語，比如就黛安娜王妃意外死亡的這件事情吧，他就曾經親筆寫了一封信給那位跟黛安娜一起死去的男友之父親，告訴他一定要繼續查明真相，與皇室抗爭到底。他說他每次寫任何信出去都會在信中留下他的聯絡方式，意思是他天不怕地不怕，頗有好漢做事好漢當的意味。而聊天當中，他們兩老一搭一唱的絕無冷場，每次聊天都有時間飛快，意猶未盡之感覺。

有一天在街上遇到羅伯特，夏天過後，這是第一次見面。

「Hi，Jessica好久不見，你們都在忙些甚麼啊？」

「Hi，還不就是忙著小孩及工作，再者就是忙著明年初的一場慈善音樂會，瑣事頗多，您呢？」「除了花園裏的枝枝葉葉持續做些修剪之外，昨天去T鎮的舊書攤買了十本書回來，現在正在閱讀的是一本關於第二次大戰期間間諜工作的歷史，很有趣哦。」

「書中有沒有提起台灣或亞洲部份的？」

「比較少，大部分都是歐洲這邊的一些事情。」

「希拉蕊還好嗎？有一陣子沒看到她了。」

「她還不錯，最近在學習數學，是我教她的，她說她以前數學沒學好，現在想學習，我們現在上到三角函數。」

「三角函數，哇！真是用功呢。我以前數學也沒學好，但是現在也不想學，我佩服她。」

「訓練腦筋嘛，動動腦是不錯的。生命真是有趣味，需要學習的事情可多著呢。可惜生命太短暫，學也學不完，人生實在太美好了。」

「有空來喝茶啊！」

「好啊！」

老人家聲音宏亮，他看起來很健朗。每次看到這對談笑風生的老夫婦，即使是短短的見面談話，也會賦予我一些些的啟發與靈感，或者也是一種提醒。

星期一早上

笑話的傳閱已是現代人情誼交流的方式之一。

曾經有一個笑話與朋友家人分享時，大家都笑彎了腰。

有三個老人見面時說起自己的記憶力，第一個老人說，我站在樓梯中間，忽然忘記是該下樓還是上樓。第二個老人說，我坐在床沿，忽然想不起來是要起床還是要去睡覺。第三個說，我的情形更嚴重了，有一天我看著鏡子，竟然想不起來這個人是誰。

星期一早上，帶著一束花去探訪九十二歲的羅絲，按了門鈴，她緩慢的拄著拐杖過來開門。老人家一臉倦容，髮疏面乾，眼眶紅腫，臉色蒼白，生命的活力正明顯的從她身上一點一滴的逐漸消逝。問候她好不好時，她張著一雙茫然的眼睛說：「一切都還好，就是一直忘記事情，早晨張開眼睛，甚麼都想不起來了，也不知道發生了甚麼事，是要睡覺或起床，都想不起來了。」

短暫聊了一會兒，我們道別離開。開車離去前，我們回頭看著羅絲，她站在窗前，手拿著花束面帶著微笑，一直揮手一直揮手，而我們也是激動的揮手回應。因為，我們心裏都明白這片刻的記憶將是多麼的可貴，既短暫又脆弱，幾分鐘之後就要蕩然無存了。

當笑話擺在眼前的時候，一點也不好笑，反而讓人淚流滿面。

莫泊桑與梵谷

每當跨過一個新年之後，總會有朋友問起新年新希望。對我而言，這個問題有些難回答。主要是因為成年之後，心願越來越簡單，就是希望每個家人身體和心靈都健壯，如此而已。但是這又不只是針對新年的新希望而已，而是一直以來的希望，也是我一直努力的方向。當自己重覆著這樣看似微小的心願時，總希望不會被對方視為敷衍的回應。

年紀越長，越覺得身心健康的重要性遠勝於一切外在的表徵。特別是心靈的健康。所以有身體生病者，因為心靈健康而恢復迅速，或者不藥而癒。但是卻有身體原本健康者，因著心靈生病而折損身體健康，甚至自殘或自殺。

最近閱讀十九世紀的作家莫泊桑（1850-1893）的生平及作品。這位洞察人心描寫人性的法國名作家，特別擅長揭露世俗虛偽的假面具。我想，是多麼不平凡的靈魂，才可以寫出如《羊脂球》、《我的叔叔于勒》那樣精彩又發人深省，又令人歎息的好作品。莫泊桑號稱「短篇小說之王」，他因寫作而名利雙收，出入巴黎上流社會。但是他縱情聲色，流連風月，還染上梅毒。後來他精神失常，經常擔心死亡與被迫害，肉體（梅毒）及精神的病痛，讓他感到非常的痛苦，曾經試圖自殺，四十三歲時病逝於巴塞精神病院。

很巧的也是在這幾天欣賞與莫泊桑同時期的畫家梵谷（1853-1890）的畫作。梵谷出生於荷蘭，是一位富有愛心及同情心的藝術家。狂熱的心，激勵他畫出了動人的畫作，但也逐漸形成他生命的悲慘結局。梵谷的作品對現代人而言無疑是相當昂貴，是收藏家爭相搶購的。但是在他生前，他的畫十分廉價，而他也僅僅賣出過一幅畫。他一生窮困，需仰賴他的弟弟接濟度日。欣賞梵谷的畫作時，我同樣的由衷讚嘆，是如何不平凡的靈魂，才會畫出如〈The Potato Eaters〉（食薯人）那樣動人的作品。仔細欣賞屋內的光線，每個人的五官，面部表情，穿著，動作以及桌上的食物等等。一幅畫說出了一種人生的故事，卑微又踏實，令人動容。又是如何的心情，才看得到如〈Starry Night〉（星空）那樣美好的星空以及燦爛至極的向日葵花束。然而梵谷一生似乎愁苦，生前進出精神醫院多次。終於在三十七歲那年，舉槍自殺，兩天後才死亡。

這兩位十九世紀的偉大藝術家，一位是作家，一位是畫家。同樣留給後人驚嘆的作品。我站在二十一世紀的今天，如果就簡單的說他們的心靈生病了，這似乎太殘酷了。但是，我常常在想，是不是正是因為他們太不平凡，有能力洞察了人世間所有的殘酷真象，眼睛是看清楚了，心靈卻無法解脫，才致於了莫泊桑的精神恍惚以及梵谷的灰心絕望？

還是他們在過度追求甚麼？而那個甚麼是那樣遙不可及，以致於他們的心靈空虛不已。所以，即使看透了人世間的一切美好與險惡，卻看不到自己生命的出口？

夢幻婚禮

那趟的旅行回程中，順道在北英格蘭的利物浦停留兩天。過夜的飯店裏正逢一場舉行中的婚禮。我們全家提著行李經過飯店大廳來到櫃檯辦理住房登記時，喜氣洋洋的新人及親友們正好擺著姿勢簇擁照相中。按下快門之後，大家就原形畢露了。小孩突然開始嚎啕哭鬧，大人們開始失去耐心的大罵小孩。所有華麗精緻的打扮以及金碧輝煌的裝飾，遮藏不住一種英國社會中某種粗俗無禮的互動及言語。

迎面走過來的一位英國男士，穿著亮麗的絲質銀色西裝，搭配頗為完美的襯衫及領帶，紅著一張醺然醉臉，才下午三點多，宿醉未免過早。這男子不斷使用英文的低俗髒話，大罵身旁不聽話的小孩。突然很同情這男子，他的詞彙必定有限，他似乎沒有能力使用更有效精準的語言來教導說服小孩。他只會說髒話，是因為他的教育水準還是他來自的環境影響造就了現在的他，一個男人，即使已經當了父親，還是不懂的跟小孩溝通講道理，只會一味的口吐髒話罵人。不知道他的心裏在想甚麼？他平日腦海裏浮現的字彙有哪些？一個人的字彙幾乎等於他的視野以及世界。這個人的世界涵蓋些甚麼？我好奇的想著。

剛才照相機鏡頭對準他的時候，他還懂得綻放出一種祥和溫暖的笑臉。所以他應該也是一個嚮往美好，心中有夢想的人。他多想呈現親切可人又有耐心的面容，可惜當他離開照相機的鏡頭之後，那種表情立刻消失，緊接著就露出慣有的面貌了。

在五星級飯店裏，夢幻的婚禮中，昂貴的花費可以換來視覺的享受，卻無法獲得聽覺上應有的舒適。然而，後者這種無需花費即可獲得的享受，卻是眼前這場婚禮中最缺乏的。

不自由的滋味

習慣生活在自由國度裏的人，一定很難想像身處在不自由的環境中的痛苦與艱難。上個星期觀看一個報導性的電視節目，介紹庫德族社會裏普遍存在的「Honor Killing」（尊榮殺人）。對庫德族的男人來說，家裏面的女人若不服從男人的決定或安排時，男人可以把女人殺掉，以維護男人的尊嚴。這樣有氣魄的舉動，受到庫德族社會的讚賞。因此被判刑入獄的男人，也會獲得大眾甚至獄吏的敬重。

英國記者想深入瞭解探訪時，庫德族的女人們露出恐慌的眼珠子，紛紛閃避。男人們反而站出來大聲說著：「活著就是要有尊嚴，一個男人，尊嚴沒了，活著就沒意義。」多麼堂而皇之的殺人理由。

有一個年輕的少婦，因為不服家人安排的婚姻，新婚沒幾天飽受丈夫拳打腳踢，她想離婚，但是遭到尊榮殺人的威脅，只好逃家。她說她每天活在驚恐當中，沒有未來，沒有盼望。

一些庫德村落，女人自殺者眾多。據瞭解其實大多數人並非自願自殺的，而是被家人逼迫去尋死。鏡頭出現的一位年輕女孩說，她必需要逃家，因為父親要求她去嫁給她不願嫁的人。父親說：「妳不聽從我們的安排，讓我們失去尊嚴，那妳去自殺吧。如果妳不自殺，我和你的哥哥就必須要殺妳，殺妳之後我們需要去坐牢。妳忍心讓我們被關嗎？我們這樣愛妳，妳忍心嗎？所以妳自己去死吧。」這位蒙著面的可憐女孩繼續輕聲說著：「我還年輕，我還不想死，只好逃離。我不懂為甚麼要這樣？我愛我的父親及哥哥，我知道他們也愛我，但是為甚麼要這樣呢？我不懂。」

另外有一個未滿十八歲的入獄青年，被家人逼著去殺他親生母親，因母親與另一男人關係親密。父親說：「你未成年，殺人之後判刑較輕，如果你不殺母親，我就要殺你。」就這樣被威脅下，無辜的男孩只得殺了母親。庫德族社會裏存在著很深的男女不平等。一切以父權為主的行為模式，女性一點地位以及自主能力也沒有。看來此地男女平等的路，還有很遙遠很艱苦的一段旅程。

美國著名的《獨立宣言》（The Declaration of Independence）開宗明義就說：「上帝造人，生而平等。」（All men are created equal）。但是從人類歷史演進中看到，自由平等並不是天生就有的，是經過努力爭取得來的。例如在英國，已婚女性一直到一八五七年才有權利要求離婚。而女性結婚之後所掙得的薪資，或擁有的財產錢財自動屬於丈夫所有，這項法令直到一八八二年才更改，女性至此才開始有權利擁有財產。一九一八年，三十歲以上的女性開始有投票權。但是一直到一九二八年，女性才與男性一樣的行使平等的投票權。這一切的進展都是經過長期持續的奮鬥得來的。

台灣人的自由平等，也是經由許多人長期努力得來的。一九八七年解除戒嚴，算是一個重要的里程碑。這其間也是犧牲了許多人的生命與自由換取的。對於那些曾經為台灣的自由民主奮鬥的人士，我總是心懷感佩。

最近閱讀到作家黃春明先生提及的一段往事，在戒嚴時期他寫的一篇短篇故事〈城仔落車〉於《聯合報》副刊刊登時，他特別跟當時主編林海音女士懇求說，此篇文章不要更改名稱，落車就是下車，他當然知道。但是當他寫故事時，耳邊聽到的聲音就是那位老婦人用台語說著：「城仔落車，城仔落車。」他說如果要改名稱，那就失去意義了。當年禁止說方言的年代，黃春明需要如此捍衛自己的文字。而林海音女士排版時就因為「落車」、「下車」這幾個字心中七上八下的，十分憂慮。因為身處在那樣的年代裏，處處風聲鶴唳，性命隨時有不保的危險。

成長在戒嚴時期，思想需要被控制的人對於那樣不自由的滋味，回想起來一定記憶深刻。台灣人民的自由得來不易，是經過許多人流血流汗努力掙取得來的。我總是祈禱上帝，繼續祝福這塊土地的人民，相親相愛，珍惜這樣自由的滋味。

湖區之美

湖區的美令人屏息。

在湖區高低起伏的山脈當中，常常會有置身大海的錯覺。每當行車或者步行於翠綠色的山脈以及畹蜒的道路中，極盡享受這樣的綠意美景時，真希望時間就此靜止，一切是如此的詳和、清新、自然、寧靜。

湖區的美讓我陷入辭窮的窘境，真不知道該如何詳實描述形容這樣的美景。湖區也是英國桂冠詩人威廉・渥茲華斯（William Wordsworth，1770-1850）的故鄉。今日再度欣賞其詩作〈I wandered lonely as a Cloud〉（我孤獨遨遊如雲彩），並試譯如下：。

我孤獨遨遊如雲彩
在山谷與丘陵間遊盪
忽然望見成群結伴的金黃水仙花
於湖畔間樹蔭之下
迎著微風翩然起舞

花兒似繁星閃爍不停
閃亮在乳白色的道路旁
它們沿著湖邊無止盡地延伸
一眼望去成千上萬朵
在歡舞之中伏動搖擺
湖波盪漾如欣然起舞
然而水仙的歡樂勝過水波
有如此快活之同伴
詩人怎能不滿心快樂
我久久凝視卻難以想像
這奇景賦予我多少財寶
每當我躺在長椅上
內心空茫或靜默沉思
它們就會在心靈之中閃現
那是孤獨中的幸福
於是我的心便滿溢幸福

和水仙花一同翩然起舞

小提琴與來福槍

福森（Füssen）是德國南部一座位於阿爾卑斯山腳下的山城，與瑞士邊界相鄰，她距離奧地利僅三英哩（約五公里）路程。我們從投宿的農莊出發車程約兩小時之後，就來到了這依山傍水處處白牆紅瓦的中古世紀時代建立的可愛山城。遠道而來的我們，沿途刻意行駛於著名的羅曼蒂克大道上，總想貪圖更多的風光美景。待目光觸及遠方的阿爾卑斯山山脈時，我的內心興奮莫名。這是每當書本上熟悉的地理名詞，躍然於眼前時的心情。

福森想必是觀光手冊上經常提及的觀光名勝。當我們風塵僕僕的來到此地時，放眼望去就是成群的觀光客蹤影。他們流連於熱鬧的市集裏，每個人手握著當地著名的冰淇淋，吃著看著走著，就這樣急急的在自己的的旅遊地圖裏，添增一處新地名，然後繼續往下一站走去。完成這個動作最有效率又具體的方法就是微笑與照相。這樣就可以留下這趟親身走過的證據，不容未來的歲月或逐漸淡去的記憶所抹煞。

相較於市區的繁忙熱鬧，位於幾條街之外的福森博物館顯得格外清幽。觀光客到此地一遊的腳步總是侷限在市集裏，畢竟對於大部分行色匆匆的觀光團遊客而言，博物館的行程難免過於冗長與沉寂，而這正是旅遊之大忌。與其花去數小時甚至半天觀看一座死寂博物館，還不如坐上觀光巴士，逍遙的從這城市游移到另一座城市，而且最好是大家都熟知又能朗朗上口知名大城市。也有一些人旅行的主要目的之一，是為了回到家鄉之後做為閒聊的話題。而對這些人而言最尷尬的莫過於當你興高采烈的說著旅行趣聞，對方卻一臉疑惑的說，那是哪裏啊，聽都沒聽過。這不僅掃興，而且會有白走一趟的遺憾，這時候旅程的意義彷彿與他人的觀感習習相關連。

也許正因為如此，當我們踏進了Füssen Heritage Museum時，我們一家四口是當時來到此博物館的僅有訪客。也不知道是否因為如此，售票員小姐也就格外親切的跟我們介紹閒聊。當這位來自包伐利亞的德國小姐思索著洽當的英語字彙時，還趕緊呼喚在辦公室裏面的另外一名英語能力較佳的男同事過來幫忙。於是我們就在正式進入博物館參觀之前，熱鬧哄哄的先談了一陣子，包括從博物館外面廣場搭起的舞台，到最近的一場交響樂團表演，還有就是下午的這一場突如其來的傾盆豪雨都在對話裏面。

這位小姐並且給予我們一本英文導引，這對於我們是一大幫助，因為館內所有的介紹都是德語。

福森號稱是世界上最古老的路特琴以及小提琴生產搖籃，博物館裏珍藏著十六世紀的路特琴以及小提琴。這裏面詳細介紹小提琴的生產過程。一開始介紹基本的材料，就是上好的木材，這些都是取材於阿爾卑斯山上豐富的林木資源。於是有一個展示架上放置一把小提琴以及來福槍。因為品質最優的木材可以做成音質上好的小提琴以及品質最佳的來福槍，而這些都是此地大受歡迎的產物，為當地帶來財富與知名度。

同樣的材料可製作成得以彈奏出來扣人心弦的樂器，而這些美麗動人的琴音也感動安慰了無數人的心靈，然而她們卻同時也可以做成奪人性命令人心碎且極具殺傷力的武器，在這槍口邊緣，砰然巨響下，演出了多少恩怨情仇，家破人亡的悲劇。這是多麼值得令人深思的一刻，在安靜的博物館裏的小小角落，這一幕情景，無聲無息的是一堂無言的課，卻在我的心底深處澎湃迴響。

偉大的靈魂

靈魂是甚麼？是最近常常在想著的一件事。是這個人的思想？這個人的良知？還是這個人的心腸？靈魂，好像是言語說不清楚的一件事。據說有些人天賦異稟得以看見臨終之人的靈魂脫離肉體的情形，而離開肉體之後的靈魂，跟著其他生者一起看著死去的肉體。這樣說來，肉體生命結束之後，靈魂仍然存在於某處。

如果大家都知道，靈魂部分的修練成果換得的是更久遠的回報，人們的眼光應該不會只限於一生追逐名利那樣的淺短了。

最近閱讀路易斯（C. S. Lewis, 1898-963）的故事。路易斯曾經於一九一七年赴法國參加第一次世界戰爭。當時十九歲的路易斯，認識了一位年輕朋友摩爾（Paddy Moore），兩人私下約定，若有一人戰死沙場，另外一人要幫助對方照顧其父母。後來摩爾不幸的在一場戰役中身亡，而路易斯自己也身負重傷回到英國療傷。從此路易斯信守諾言照顧摩爾的母親直到她過世為止。長達三十幾年如同對待自己母親一般的照顧，不僅是精神上的關懷，還包括生活費之提供。而這也造成了路易斯本身生活上極大的負擔，以致於連路易斯自己的父親都難以諒解自己的兒子。

一個十九歲的年輕男子，在戰場中的私下約定，多少人會實現到底？最容易的結果應該是僅僅付諸對方精神上的道義關懷，或者最多在前面幾年的物質照顧，後來一定可以找到許許多多的藉口來解除這個負擔。戰場中兩個十九歲年輕人的私下約定，無憑無據沒有任何人知道，約定的聲音可以隨著歲月而淡去，甚至消逝的無蹤無影而且寂靜無聲音。但是路易斯他並沒有忘記，對於年輕時的約定，他無愧的完成了，沒有任何藉口的完成。

這樣的故事，深深打動了我的心，難以形容的感動，只有想著一句話：「他擁有偉大的靈魂。」

馬克的工作室

馬克先生的工作室位於市中心的一棟兩層樓樓房的一樓店面。馬克先生本身是一位提琴修護師，他總是頂著一頭蓬鬆亂髮，穿著邋遢一副不修邊幅的樣子。他的手藝精湛完善，收費又合理，不算大的店面裏他的客戶總是絡繹不絕。

談吐溫和有禮的馬克先生的工作室可以說是蔚為奇觀，工作室裏面滿滿的是堆積如山的大小提琴。零亂不堪的工作室，僅僅剩下一條可以舉步但是步履維艱，勉強可以走路的狹窄走道，讓客人們可以走到馬克工作的小小角落處，維修的工具也是散落滿地。但是說也奇怪，這樣亂到極致的工作室從來不會影響到馬克的工作進度，交代給他的任務，他總是能夠準時完成。大家對他的尊敬有增無減，他的知名度在此地的弦樂相關領域無人不知，稱讚的口碑更是不絕於耳。

認識馬克先生很多年來，總覺得他好像不是現實社會裏的人物。女兒的小提琴是從四分之一，二分之一，四分之三換到現在的全尺寸。每次換琴時，馬克先生總要讓我們拿著中意的小提琴回去試拉一陣子，再決定是否要購買。大約經過兩週之後，我們回去決定要付錢購買時，他會說不急不急再拿回去試拉一陣子，確定真正滿意喜歡再買。他並不急著要完成一筆交易，他做買賣的態度，好像經營慈善機構。或者有時提琴發生了一點小故障，比如弓弦斷了之類的小意外，縱使他的收費低廉的不像話，但是問起多少錢時，他總是小心翼翼然後很害羞的說出了那一個微薄數字。還會很客氣的問說，這樣好不好？

馬克先生必定是一位對於他的工作深切投入的人。有一次我問起他是否也玩樂器？他說他喜歡吹薩克斯風，又說從前曾經想要學習拉小提琴，但是每次拿起小提琴要練習時就忍不住開始調音，不停的調音，花去很長時間就是一直調音。他一旦拿起小提琴就無可救藥的要確定琴音精準無誤，整把小提琴的狀況完美，所以總要拿著小提琴賞玩檢視一番，於是就耽誤了練習，後來他決定學習其他樂器。

大約一年前，馬克先生把一樓店面出租給唱片行，他把自己的工作室搬遷到二樓。從此以後，每次到他的工作室就是按一樓玄關外面的電鈴，客人們的腳步就止於玄關這個小空間，大家在此交代事務完畢，馬克先生就上樓去工作了。我看著樓梯間以及樓梯走道上堆積著滿滿的大小提琴，僅僅留下窄窄的足夠馬克上下樓梯的空間，我就忍不住要開始想像搬到二樓之後的馬克工作室會是怎樣的一個景況了。

生活上的慶典

女兒們的鋼琴老師艾爾莎是一位在當地為人所敬重的音樂家，她對於音樂的喜愛以及教學的熱誠，讓人由衷敬重。她習慣在每年聖誕節前夕在家中舉辦一場音樂茶會，讓平日各自忙碌的家長與學生趁此機會歡聚一堂，並聆聽孩子們的演奏。去年的聖誕節前夕，正值艾爾莎多事之秋，高齡老母在浴室摔跤住院當中，她自己的左邊內耳病變等待開刀，家中地下室施工漏水的糾紛尚未解決。

音樂會前兩週的某一天下課時，我請問她：艾爾莎，您確定這場音樂茶會要照常舉辦嗎？您此刻如此忙碌呢。她說：當然要啊，雖然生活上不如意的瑣事很多，但是我們不能停止慶祝音樂。接著她說：「Jessica你知道嗎？就像今天我上了Jenny和Alice的課程，聆聽著這些美好的音樂，讓我覺得好愉悅，整天的不愉快就煙消雲散了。所以音樂會當然要舉辦，我們不能停止慶祝音樂。」

看畫的距離

看一幅畫的時候，我們知道要倒退幾步保持一個適當的距離，如此可以獲取更佳的視野，掌握這幅畫作的整體美感與意義。我常常在想對於人生這幅畫呢，我們應該以如何的距離來看待。

在人生的某一個階段裏，我積極尋求生命的意義，特別是屬於靈性生活的部分。我積極參加各種演講以及退修會，如今回想起來，並不是每一次活動都有所收穫，而現在經常出現腦海裏的訊息，卻是有一次我錯過的活動，但藉著參加的朋友跟我分享的訊息。

朋友說這一場活動的主講者是一位來自美國的預言家，他預言未來人類最嚴峻的考驗將是眼睛所看見的事物，也就是眼目所帶來的試探與誘惑。環顧現代人的生活模式，我想及這句話也才恍然大悟，這句話是經過近三十年的距離才讓人聽懂了。

One Plus

星期天早上車子臨時發生一點狀況，需要等候維修，因而耽誤教會的主日崇拜。恰巧今天教會的咖啡時間是由我們全家負責的，所以趕緊連絡我們的朋友大衛夫婦，尋求他們的協助。他們立刻答應幫助我們完成咖啡時間，我們感謝不已，安心的掛下了電話。不久電話響起，是大衛打過來的。大衛說，需不需要他過來幫我們載小孩們去教會？我們再度滿心感謝他。

剛過八十大壽生日的大衛，他們家距離我們住的社區還有一段路，並非順路。但是當他們遇到任何在他們的能力所及範圍內可以幫助別人的機會時，他們絕不退縮，總是為他人設想週到而提供及時的幫助。他們無私的愛心，確實的行動常常讓我感到很溫暖。

在管理學裏有人提及One Plus的理論，也就是說只要每一個工作人員在自己的職位上，多盡一分心力，多做一些努力，一定可以為企業締造更佳的業績。One plus的精神就是不以現狀為滿足，永遠朝向一個可以更進步更美好的空間努力。

每當我看到大衛或周圍其他熱心的人們，他們那種迫不及待的想要給予他人協助的精神，我總會聯想到這也是另一種的one plus。如果我們的社會裏大家都把持這樣的one plus精神，我們的生活環境一定更有品質，人與人之間的關係也一定更和諧。因為這樣的one plus是樂意付出而非爭奪比較，是愛與和諧，而不是怨恨與責難。

一百年的路途

今年五月份，英國女王終於踏上了愛爾蘭共和國的領土。在致詞典禮的開場白裏，她使用愛爾蘭語問候民眾，女王為過去的歷史以及所犯的錯誤致歉，釋出無限善意的舉動，令人動容。這段和平之路，足足走了一百年之久。

英格蘭，威爾斯，蘇格蘭，北愛爾蘭以及愛爾蘭共和國之間的愛恨情仇與世界各地的分裂爭端一樣，寫滿了血淚篇章。有一位曾經共事過的威爾斯大學教授，對於英格蘭的仇視地步，到達於不屑拿英國護照。所以當他結婚娶了一位來自愛爾蘭的妻子之後，立即放棄英國籍改拿愛爾蘭護照。

向來高高在上的英國皇室，如今願意放下身段當眾致歉，就是令人敬佩的改變。彼此尊重是和平的開始，紛爭常常是開始於優越感作祟。

全世界各地上演的竟然是相似的故事，古今中外皆然啊。

關於愛丁堡

一直很喜歡蘇格蘭，特別喜歡在夏天拜訪蘇格蘭，一種屬於北方特殊冷冽的空氣，讓人頭腦清醒，心靈清新。蘇格蘭人特有的豪邁與勤奮個性，會讓我聯想到我的故鄉，台灣。那是一種奇異的感覺——在傳統的蘇格蘭人身上，我居然瞥見了一種屬於傳統台灣人所持有的質樸真性情。在看似陌生的國度裏聞到了熟悉的鄉土氣味，於是非理性的衍生出一種情愫，像老友重逢，又似親人相認。

蘇格蘭高地總會有意無意地傳遞給我一種堅毅的形象。原因應歸根於蘇格蘭人長期處於險峻的處境，蘇格蘭人自然必需付出更多的努力悍衛自己的土地與家園。在羅馬帝國全盛時期，整片英國國土中，僅剩下蘇格蘭這片土地久久攻略不下，蘇格蘭人勇猛善戰的個性可見一斑。

除了蘇格蘭的民情文化吸引我，對於蘇格蘭首府愛丁堡更是情有獨鍾。第一次拜訪愛丁堡是在十幾年前，因工作出差來到此地，當時就深深地愛上這城市的顏色。第一眼望見愛丁堡自然古樸的色調時，就認定這正是屬於自己的顏色。記得當天接待我的是一位留著大鬍子的藝術系教授，那是一個大晴天，藍藍的天空下，有耀眼的陽光襯托，從他辦公室的大片窗戶望出去，乍見整座愛丁堡城堡正好矗立在我的眼前。我驚豔於這樣美麗壯觀的風景，這應該是我看過最美麗的辦公室視野了，我在內心如此讚嘆著。當年離開愛丁堡時我帶回了一幅愛丁堡城堡的海報，多年來一直張貼在我的辦公室裏，直到褪色。

今年八月再度拜訪愛丁堡。

適逢愛丁堡國際藝術節，有如川如流的人潮，有不絕於耳的風笛演奏，有此起彼落的群眾歡呼聲音，有街頭藝人賣力賣命的演出。整座城市淹沒於節慶的歡樂氣氛中。而我們也在人海當中，遊走在愛丁堡如畫的街頭上，趕赴一場又一場的藝術饗宴。

斯里蘭卡的年輕人

外表看起來溫和的我，其實隱藏著一些極端的性情。我某方面屬於個性好奇，是個興趣廣泛的人。但是在某些方面，又屬於十分無趣的人，一個極單調的人。我可以多日來足不出戶，也不會無聊。我可以一整天寫作，也可以一整天編織圍巾，也可以一整天畫水彩，全時間只做著簡單的一件事，就可以讓我很快樂。有些人喜歡豐富變化，而我卻很喜歡重複做相同的簡單的一件事情。有時會覺得，自己好像是一隻蜘蛛，整天忙著吐絲織網，只做一件事就可以快樂度日。當然前提是做喜歡做的事情。對於沒有興趣的事情，我卻很難入門。我想這也算是一種極端性情吧。

所以我始終難以記住電視上的那些歌手名字，同時我對於名牌也不瞭解。如果有人跟我提起某知名香水，好像理所當然每個人都應該知道的時候，我總是尷尬的不知該點頭或搖頭。這些廠商花費的大筆廣告費宣傳出來的品牌，對我一點也沒作用。

所以我很驚訝於有些人對於名牌或明星瞭如指掌，我也很訝異於有些人可以整天坐在電視機前面看著電視，這些都是我做不到的。就像我的一些朋友，也難以相信我居然可以享受這樣單調的生活是一樣的。我偶爾也會看電視，但是偏愛看新聞或者是報導性的節目。在英國看電視需要繳費買電視證（TV License）。雖然看電視需繳費，卻覺得值得，因為有一些報導性的節目，經過精心製作完成，可看性頗高。

前幾天看到的是一個專題報導斯里蘭卡的節目。當地政局混亂，人民生活無法安定。二〇〇六年的一場大海嘯沖捲出大量的死屍，那是一場天災。如今因為內亂不斷，在這景色優美的沙灘上，縱使有湛藍的天空，有蔚藍的大海，但出現的不是休閒戲水的遊客，而是一具具難民的死屍。一位漁民說，他平均一天要掩埋十五具無名屍體。挖一個洞穴，把屍體放進去，在上面放個一個石頭或者是一根樹枝之類的東西，以期辨識出此處已掩埋過死屍。這時候鏡頭上特寫的是一位死亡的年輕人，他年紀約十六，七歲，有著黝黑清秀的臉龐，雙眼睜開著，僵直的身體，被放入挖好的洞穴裏。掩埋妥善之後，上面放著一塊石頭。這石頭，只是對死者表達一種很短暫的尊重。因為經過潮水來來往往的拍打，這些石頭以及底下的屍體很快就會被遺忘了。這個年輕人，張著雙眼跟這個來不及去探索的世界道別。沒有死亡證明書，沒有親人的哭號，沒有喪禮，沒有墓碑，沒有名字，一條年輕的生命，就這樣掩埋掉了，無聲無息的消失在這個世界上。

他的家人呢？他的母親是否還健在？她如果還活著，在這個新年裏，她的希望必定就是我要我的兒子還活著。或者，她可能也在某處慌忙逃命，根本不知道那一天是新年。新年對她而言毫無意義。絢爛嘈雜的煙火，讓她聯想到家鄉的烽火煙硝，令她緊張萬分。她每天都在懸念著，她祈禱著，我要我的兒子還活著，只要他活著就好。那天寶貝兒子依依不捨的跟她道別時，她看著兒子的清秀面容，炯炯有神的眼睛還帶著夢想。他的夢不是去追求甚麼大富大貴，他是要去尋求可以活命的機會，找到一個可以好好生存的角落。但是畢竟這個簡單的夢想對他而言太大，太遙遠了，他終究無法完成。於是他張著驚慌的大眼睛被迫葬身在那個沙灘上。

十幾年的生命裏，這個年輕人他經歷過些甚麼？他可曾任性的說不愛吃大蒜？喜歡喝冰涼的可樂？他可曾霸佔著電視搖控器與家人搶看節目？還是大風雨來時趕緊找遮庇處所？但是多數時候，他都無法如願找到，所以他的背及腹部，處處是傷痕。他饑餓時可曾在垃圾堆中翻找食物？但總也是無法如願找到。野地裏貓鼠的速度總是比他還敏捷快速，總是搶先他一步的把腐壞的食物拖走。所以他的身體是如此的乾瘦。

一個斯里蘭卡的年輕人，一條脆弱短暫的生命，藉著一個電視節目的報導，幾秒鐘的鏡頭特寫下，不知道傳遞給其他觀眾甚麼樣的訊息了？對我而言卻是一種隱隱的哀痛。

每年在花園裏埋下的植物莖種，總會在次年春天萌芽。這些埋下的具具屍體呢，未來孕孵出來的不知道會是甚麼？

怕黑

安妮一向害怕黑暗。

安妮年近五十，在ＢＢＣ英國國家廣播電台工作，有一份令人羨慕的職業。怕黑的她，即使大白天在家，也要把屋裏的每一盞燈捻開來。初次到她家裏，以為她忘記關燈，還善意的提醒她。後來漸漸熟悉，才知道她對於黑暗有著重度的恐懼。

安妮出生於倫敦市郊，父親在她出生不久之後就離棄母親和她，從此未曾再見面過。她母親也在她八歲時病逝。安妮從小是由年長的姨婆一手帶大，一老一少，在寂靜空曠的屋子裏相依為命，造成了她重度沒有安全感以及怕黑的個性。

高滔，一位來自北台灣的中年男子。他高度迷信，經常談論鬼神之類的話題。說起看見黑暗勢力的經驗，總有說不完的精彩故事：傍晚的遠方樹稍之上，夜間的樓梯口處，深夜的衣櫥裏面，說得生動嚇人。但是仔細分析下來，這些都是在狀況不明或者是黑暗的場合發生的，如果再仔細看清楚呢，述說的故事版本會不會不一樣？

我很早就學會一個功課——凡事看清楚來，就沒甚麼好怕的。主要是因為我童年時住在山上，在寂靜的山裏面，任何風吹草動，都容易產生遐想及恐懼，所以我很早就學會看清楚的功課。每次看到好像有些恐怖的影像或聲音，我總要設法看個清楚，看清事實之後，就不怕了。比如說最近的有一次，以為看到了另一個世界的物體，但是仔細觀察之後就真相大白。那是一個昏暗的清晨裏，瞥見黑黑的窗戶上，一個長髮形狀，內心微微驚了一下。但是我知道，看清事實就沒有甚麼好怕的。原來那是立在客廳牆角的小提琴，映照在黑暗窗子上的影像。

我想到高滔那些說來令人毛髮豎立，神經緊繃的見鬼故事。是不是就是在混沌不清的場合，由幻影加上想像集結起來的？他看見了一個不清楚的狀況，而他轉身就跑，沒有給自己看清事實的機會，或者說他錯過了讓事實清晰呈現出來的機會。於是他讓一個不完整的片段影像，停格在他的腦海裏，不停的重複播放，形成一種恐懼，佔據著他的心。就像怕黑的安妮一樣，內心必定也是被一種恐懼佔領住。

我在寫這篇文章時，有一句話一直出現，《聖經》上說：「愛裏沒有懼怕愛既完全就把懼怕除去。」這句話對於我自己，對於安妮，對於高滔有何意義呢？愛裏沒有懼怕，是怎樣的愛沒有懼怕呢？我不斷反覆思想這一句話，終於領悟了一個道理。在這裏所說的愛這個字，英文《聖經》用Perfect Love，指的就是耶穌的愛及救贖，這樣的愛是超越一切的，同時也是戰勝黑暗權勢，勝過死亡的。

我想到我們身處的社會，有許多的憂鬱症以及燥鬱症患者，處處充滿著苦悶燥熱不安，以及沉重不堪的壓力。仔細追溯這些的根源，似乎也是陷入沒有看清楚的弔詭與恐懼當中。令人煩悶憂慮焦躁的原因人人不同，但是辨認清楚之後，我相信也會從中釋放出來。也許是身體的病痛，是經濟危機，夫妻溝通，親子教養，人際關係，總之，一一釐清問題之後，將所有重擔交託慈愛的創造之主，必定會有另一番全新感受。

如果安妮、高滔，所有怕黑的人以及心中有恐懼的人，有機會脫離黑暗勢力的轄制，心中獲得真正的自由。他們的生活會不會有比較多的喜樂與平安？

勞倫斯的眼淚

認識勞倫斯夫婦不深的人，如果只憑表面的印象，可能會以為他們是一對很自我傲慢的英國老人家。因為他們的言行總是那樣直接，無拘無束，不經修飾。

比如說星期天主日崇拜，大家安靜的聽講員講道時，坐在台下的夫婦倆，有時會彼此交談幾句。但是他們也是學識豐富的，每當主講者對著聽眾拋出一些問題時，對於比較艱澀的問題，答話的常是勞倫斯先生，而且給的都是正確的答案。他們唱起詩歌時，聲音高亢投入，令人印象深刻。

他們的直接有時會令我不知如何是好。

比如說，有一次在慶祝豐收的主日崇拜（Harvest Festival Services）時，那是在英國每年九月的最後一個星期日，對造物主表達感謝的禮拜。教會特別精心策畫一場感恩於與海洋相關的豐收禮拜。同時搬來一艘小船置於會堂的正中央。當天來的人數特別多。勞倫斯太太一走進來，就在我身邊坐下，壓低音量低聲的跟我說：

「今天停車位真滿，我們找不到停車位，勞倫斯只好把車子開到對面的購物中心停。」

我簡單的回達：「喔，是的。」

因為我瞭解她的平日作風，不想在這個會眾安靜聽講的當下，再製造更多的話題。接著她看了那艘船，突然驚呼一聲：

「怎麼回事啊？那裏弄來的這艘船啊！」

她過於直接的反應，讓我忍不住的想要笑出來，特別是想到她所說的What on earth？

但是，千萬不要以為他們是粗俗無禮沒見識的人。勞倫斯先生有傲人的學歷，大學唸的是劍橋大學，研究所在牛津大學完成。他天資聰穎，精通數種語言，包含拉丁語。而且他感情非常豐富，又有愛心。這些都是在最近參加勞倫斯先生主講的一系列中東問題研討會時，對他們才有更深的認識。

那一天，勞倫斯先生在演說中，說起在第二次世界大戰結束之後，以色列人回到以色列建國之際。如何以武力殘害那些手無寸鐵的巴勒斯坦人。致使原本居住於此地的人民，終年飽受戰火侵襲。當時一村又一村的無辜老弱婦孺，如同牲畜般的被驅逐，施虐及屠殺。說起這一切慘狀，老先生突然老淚縱橫，語音哽咽起來。我就是在那一個剎那，認識了這位老先生的真性情。我想，真正會為陌生人，為不相識的弱者痛哭流涕的人，有多少呢？我打從心底敬重這位長者。

中東問題是一場極複雜的政治利益掛勾，但是受苦受害的總是平民百姓。歷史重複上演，猶太人曾經受到納粹迫害，是大家所熟知並同情的。但是身為被害者的猶太人，日後如何結合西方強國勢力，以同樣殘酷的手段對付無辜的巴勒斯坦人民。這段歷史，在台灣或其他世界地區反而被消音或塗銷了。這一章不堪的歷史雖然被漠視，但是走過的腳步卻仍然清晰可循。被迫害者及其遺族充滿不平與不安，一心只想復仇。一路撒下的仇恨種子，不幸的，終究逐漸開花結果。只是強國們索性就將這些心中忿忿不平者，冠上一個名稱，恐怖份子。三言兩語的將這段複雜齷齪的歷史段落簡化了。

之後，跟勞倫斯夫婦有較多的接觸與交談。也逐漸瞭解他們的直接與坦率，以及感情豐富的至真性情。我真慶幸自己有機會認識他們。

愛情的分數

今天約翰邀約我們去他家喝咖啡。自從妻子艾美決定離開之後，他突然一下子變得蒼老許多。此刻離婚手續還在辦理中。但是現在他的心情，已經不像前一陣子那樣的消沉，懊惱甚至氣憤了。

幾個月前的有一天，當他跟我們說起艾美已經決定離他而去時，坐在我們對面的約翰，突然地就像小孩子一樣的嚎啕哭泣起來。我當時微微嚇了一跳，因為沒有想到他會有如此的反應。一位六十歲的英國男士，一向沉穩健談的成熟男人，當時真的是被這一場失敗的婚姻給擊倒了。

今天我們坐在他溫暖的客廳裏，喝著香醇的咖啡。除了分享最近生活點滴之外，

他再次絮絮地述說著艾美的愚昧選擇，如此不智行徑讓人無法理解等等。他說身邊所有的人都不懂，為何艾美會甘願捨棄這多年來的相知相識，二十五年的婚姻，物資不缺的家居生活，以及個性溫和收入又穩定的老公，而選擇另外一個性情暴烈，長期受憂鬱症所苦，自殺多次未成，工作又不穩定的男子？

看著孤單的約翰，皺著眉頭，憂愁的說著這些一個接一個的不懂又不懂時，我總是插不上話來。他可以很有邏輯的歸納出艾美跟著他的好處，以及選擇跟那個男人可能的後果及缺點。約

翰可以輕易地舉出他自己的優勢，以及對方的劣勢。在他的評分標準裏，他似乎給自己打了高分數。但是當他給自己每加一分的同時，正是艾美對那個男人的愛情又加上一分了。我總是越聽越不忍。

告別之前，我還是不忍開口告訴他，對於艾美，當愛情不在時，任何的高分數對她而言都失去了意義。所以，她寧可選擇那個大家看起來並不及格的男人吧。

真的假的

「Christmas is around the corner」（聖誕節就要到了），英國各報章雜誌的編輯們這樣寫著，收音機裏，英國國家廣播電台的主持人也是這樣說著。大家都在討論聖誕節。因著聖誕節的腳步漸漸接近，關於聖誕節的大小事情就成為每個人的話題，生活的重心。好像忙碌了一整年就是在等著這一天似的。對英國人而言，聖誕節好像是一道分水嶺，新和舊的分野。這時候的每一個人，說起一些人生規劃時，總要加上：「等聖誕節過完之後再說。」

上個星期，我們把封藏在閣樓一整年的聖誕樹，搬出客廳來佈置妥當。同時趁著週末添購了一組閃亮發光的裝飾燈炮，掛在窗戶上。這白天看起來不起眼的一團線索及透明小燈炮，晚上插上電源之後，就化身為美麗的七彩珠簾。閃爍不定，耀眼無比。

我望著這些顏色不時轉換的燈光發呆。她們忽明忽滅，有時閃爍，有時固定。有時跳躍著，有時全部亮起來，有時部份亮著。有時快速閃爍，有時緩慢閃動。瞬間，又忽然全部暗下兩秒鐘，然後又繼續變化著。總之，就是使用各種顏色，使盡各種把戲，輪番上陣表演，看得我眼花撩亂。卻也無法克制的沉溺於那種虛幻的美麗當中。

夜晚，天色全暗下之後，窗扇如鏡。這些閃亮燈光透過層層窗框，重複映照出來的閃爍亮光，更讓人陷入一種迷幻當中，誘人的魅力以倍數加增，分不清是真是假。

白天時，她們不過是一團不起眼的物件啊！

這些光和影的遊戲，是不是每天都在我們的生活中上演，絢爛的叫人難分真假？

難忘的眼神

一位經驗豐富的醫學專家，很有信心的說他只要觀察一個人的臉，就知道他是否吸菸。老醫生繼續補充著關於吸菸者的毛細管、細胞、體內廢物、肺部、焦油、水份、營養之類的醫學知識，證明他的觀察與結論無誤。

我不是專家，但也是看到一個人的臉就知道他是否吸毒。我欠缺高深的理論，觀察的只是那個人的眼神。多年以後，我開始瞭解一件事情，面對生命中藏有某一種癮的人，你總是可以從對方眼神察覺出來。

從那個小學六年級的女孩說起。一場演講結束時，聽眾離開會場的當下，我遇到了一個女孩的一對眼睛。有些瞇瞇的，但是很深刻的看著我。就那一剎那，我碰觸的那一對小小的眼睛，彷彿說出了許許多多的想望。從一個小學六年級孩子身上，以她十二歲的年紀，發育還尚未完全呢。但是她眼神中流露出來的那種欽羨與熱切的表情，令我難忘。這個女孩心中的期盼是甚麼？她未來所追逐的會是甚麼？

多年後，輾轉傳來那個女孩的故事。

聰明的她，順利升學，唸了不錯的大學與科系。一向崇洋媚外的她，也如願的找到一位白人丈夫，早早結婚。可惜善於說謊與瞞騙的個性，讓她的生活並不平靜。

生命竟然像謎一般的逐漸得到答案。時間以一種從容的速度逐一破解了各式各樣的疑難雜症。原來那一對幼年的眼睛，令人深刻的眼神，從小隱藏著的就是一種癮啊！一種對名利，對外在，對物質追求不斷的，也讓人斷絕不得的癮。

十五朵玫瑰

公車緩緩開進了火車站的停車區。才下午四點五十分，夜色已經提早籠罩這整個城市了。起身準備下車，往窗外一看，試圖欣賞夜幕低垂的景。真巧，我的目光正好與行經車身的兩名警察六目接觸。這兩名警察，往火車站的方向走去。他們今天佩槍呢，這不常見，英國的警察平日不帶槍械，除非有重大刑案。

我快步進入車站月台等候火車。

一會兒又看到這兩名佩槍的警察，目光銳利的環視著四周，也再次的與我目光接觸。當時，我原本是在數著一位候車乘客手中的玫瑰花朵。那位男士坐在月台邊的長椅上，手中拿著一束花，是深紅玫瑰花與白色滿天星組合的花束，他雙手緊握，低頭作沉思狀。我數著數著，大約有十五朵吧，數了第三次都無法數完整。前面兩次是因為這個男士突然抬頭看我，我得趕緊將目光轉移，第三次就是這兩名警察的突然出現，讓我分了心。

十五朵玫瑰到底代表甚麼？結婚十五週年？認識她十五個月？還是，還是他心儀的對象今天剛滿十五歲？不可能，不可能，這太誇張了。我想著。但是在英國似乎甚麼誇張事情都有可能發生。

還是想確認花到底有幾朵，回頭找這名男士，卻已經不見了。

剛剛這位拿花的男士，壯壯的外貌，說真的，算是很肥胖的。他身上穿著一件深藍色大外套，五個扣子，勉強只能扣上兩個。無法整齊扣上的大衣，前面呈爆裂開來的形狀。硬生生撐開的程度，令人擔心那兩顆緊扣的鈕釦就快要飛出去了。

他穿著牛仔褲，褲管很寬大，但是腿的形狀，圓潤飽滿的線條清楚可見。腳上踩的是一雙尋常球鞋。他不算年輕，但頭頂上的毛髮，梳理著時下最流行的樣式。就是那種抹著髮油，隨意豎起一撮的造型。忙碌一整天下來已經有些倒塌了。

還是在想著那十五朵玫瑰，應該是十五朵吧。

這名男士，看起來沒有一份顯赫的工作，或者是說重要的工作。這裏所說的重要是以一般世俗標準說的，就是賺很多錢的那一種。那束看起來廉價的花束，還有他一身的穿著，可以說明他經濟能力有限。不要以為我以貌取人，一向不都是如此嗎？大部份有重要工作的人，不都有一種架勢嗎？或者說是要昭示眾人，關於自己的身份地位的穿戴裝扮。這似乎是走到那裏都一樣的。

就像我認識的一些家長們，他們的子女進入此地區最好的學校的那群家長。如果認識他們，會發現他們都有一個共通點，那就是嚴謹的態度。而且穿著大都算體面。人們不得不承認，要進入這樣競爭激烈，要通過困難考試的學校，家長肯定是要費盡一番心力的。除了學生願意認真之外，家長的要求絕對是必要的。誰還願意認真念書呢？如果有其他玩樂的選擇時。所以家長絕對是背後的重要推手。另外，貧窮的家庭很難會有餘力栽培子女。所以呢，又回到全世界都面臨的難題，經濟能力培育出學生的學識能力。

我這樣算不算以貌取人呢？我的確喜歡觀察外貌。我相信每一個人的外表、穿著、言語、口氣、甚至是走路的姿勢，都釋放出一些重要訊號。接收到這些訊號，不是要讓人變成主觀勢利，而是要建立更多的包容、接納與愛心。因為任何一種外觀的背後，都有一個故事，甚至是一篇篇極動人的故事或傳奇。這一切正藉著呈現出來的外貌娓娓訴說著，需要人們用心去看見。

像一朵花的開放，期待觀者欣賞。一首歌的播放，期待聽者佇足聆聽。每一個人的一顆心，也都期待他人來了解。

還是在想著那束玫瑰花。不知道他今晚傳遞了甚麼樣的訊息？他們是否也聽見了彼此的聲音？

看到的世界

每年春天鎮上有個音樂盛會。

女兒們參與的是鋼琴演奏。其中有一項目是指定曲的表演，所有參賽者需要彈著同樣的一支曲。當我仔細聆聽這些年輕人指尖滑落出來的曲調時，內心總是暗暗驚訝著。同樣的曲子，每一個人彈奏出來的風格竟是如此不同。隨著個人的獨特性情，已經悄然賦予曲子新的生命與詮釋。

記得有一次水彩課中，老師發給每一位學員相同的一張風景照片，要求我們完全模仿畫出來。大家完成之後，互相觀摩之際，免不了驚呼彼此的差異。一樣的風景照，有著一樣的山、海、雲彩、岩石與船隻，但每個人完成的畫作卻迥異。不同的筆觸、色調、力道、甚至形狀，最終造成每一幅畫都很獨特。

於是我想到，不僅是曲子，畫作，我們身處的世界，不也是如此?相同的一個世界，每個人體會到的也是不同。

當時，年邁的水彩老師奧黛麗，說了一句頗富哲理的話：「每一個人畫出來的不是看到的，而是自己心裏想的。」

多麼耐人尋味的一句話。

我的朋友，您的世界呢？是看到的還是自己想的？

希拉蕊和義恩

希拉蕊和義恩曾經是我的老鄰居。現在是我們的老朋友。

當年，剛剛搬到他們家隔壁住時，義恩隨即過來敲門打招呼，邀請我們到他們家中喝茶聊天，認識彼此。多年來在商場上的經驗，算是職業病吧，初次跟人握手時，因著對方握手的態度會自動做些初步的分類。第一次跟義恩握手時，我就把他歸類為「一個非常小心保守的人」。這個判斷很正確，但是還有另一部份是我的誤判，那就是從他輕輕的握手力道中，我把他歸類在「此人非熱誠之人」。這在後來的相處中，我漸漸知道他其實是一位很真心且誠懇的人。他輕輕的握手方式，只是說明他個性的柔軟客氣，以及他並不習慣於表面虛假的應對。

英國人之間的對談，常常很表面。所以經常可以聽到如此的問答，

「你好嗎？」

「我非常好。謝謝，你呢？」

對方會刻意用輕鬆自在，中氣十足的口氣回答。但是如果你認真觀察，你總是可以看到另外的一些東西，可能是些許倦容，幾聲咳嗽，或者是輕聲嘆氣。總之，就是不可能如對方所說的「非常好」。

對英國人而言，即使當時並非很好，可能心情不佳或身體欠安，大部分人仍會很自然的回應：「非常好。」表示有禮。因為這樣才像文明人，文明之人怎可將負面情緒輕易表露出來呢？但這種對談，在義恩身上就不容易出現。他的回應似乎很少敷衍性質的。除非他真的很好，他才會說好，否則他一定會據實以告。連日常問候這樣的小事，他都是很認真看待的。

所以我們之間的問候語就很寫實了。

當我問候他時，他會說：「還好，但今天頭痛。」或者說：「今天背痛難耐跑去做復健了。」或說：「今天嚴重感冒需請假……」之類。總之，他就是不會敷衍的說：「我很好，謝謝。」像一般的英國人那樣。面對如此真誠的人，你也很難虛應其事的說：「我很好，謝謝。」所以，我相信，真誠是會傳染的。

義恩的妻子希拉蕊，是個先天腦性麻痺患者。她行走不方便，平日需以輪椅代步，另外左手無力，只能使用右手。她無法說話自如，經常需要很努力的把口中的話語吐說出來。有時會很辛苦的出現有口難言的情況。雖然她的身體軟弱，卻是一位聰明且敏銳的女性。她可以獨立料理自己的生活，最近開始開車，經常關心一些殘障的弱勢團體，還擔任義工。

他們養育兩個女兒，現皆已成年。大女兒大學畢業之後就到慈善機構工作，到不平靜的阿富汗去幫助寡婦和孤兒。小女兒今年大學畢業。

義恩和希拉蕊生活清寒簡約，他們的資源似乎不多，有堅定的信仰，過著豐盛的精神生活，如此而已。但是看到他們，常令我感動，總是讓我聯想到蘭花，花盆裏的蘭花，擁有少量的泥土，一點點養份，只需少許的水，卻能綻放出高雅的花朵來。

等和坐

雨細細的，急急的，斜斜刺下來，神情慌張的好像是著急趕路的人。嗅到這樣濕冷低溫的氣味，你就知道冬天真的已經來了。英國有四季迴異的美。既然享受了春天的鮮綠，當然也要懂得欣賞漆黑又寒冷的冬日。不然你就要像其他的人那樣的成天抱怨英國天氣了。

「等待」是我現在做的事。

我此刻是在前往布里斯托市牙醫院的途中。正在等待火車。火車來了，坐上火車，剪票驗票，小睡一覺，目的地到，走下火車，買杯咖啡。到布里斯托了，還是要等。

現在等的是醫院專用的巴士。邊喝咖啡邊等候。約十五分鐘後，巴士緩緩駛過來。車上播放的歌曲是披頭四的〈Let it be〉。車上所有乘客含我共七人，除兩名婦人不斷交談之外，其他的人都安靜的專心聽音樂。那兩位英國婦人，一個滿頭銀白捲髮，耳垂搖晃晶亮耳環，嘴唇塗上朱紅顏色，身著褐色大衣。另一個只看到染的金黃的頭髮，其它部份被白髮女士擋住了。她們剛開始聊個不同，後來也靜默下來。於是所有的人都緊閉著嘴，若有所思的聽著音樂。聽著披頭四深情款款，無奈又高昂的唱著：「Let it be, let it be……」

今天的司機態度很友善。開口閉口都是「My Love」（我的愛），當然那只是口頭禪而已，並沒有其他肉麻的意思。我想起年輕時第一次接到一位美國友人的信，讀到一開始寫的Dear時，也有一點點不好意思，後來才知道那個Dear其實就像說話時清清喉嚨的意思是一樣的。沒有甚麼特別的意思。

當上車下車的乘客跟司機道謝時，他的回應一律是：

「Cheers, my love.」（再見了，我的愛。）

你也許要覺得奇怪，非親非故的，他怎麼沿路對人說著：「我的愛。」語言總是存有想像空間。就像自己幼年時期，怎麼也想不通「豪雨成災」這句話。「豪」不是好的意思嗎？好的雨怎會成災呢？總是不懂。

這趟公車，我坐了幾年了。

印象最深刻的司機是一個留長長鬍子，一臉帥氣，態度冷淡，一副憂鬱不得志模樣的男子。他聽的音樂也很奇特，像是某種朝聖的宗教音樂，我猜想他是一個回教徒。他與乘客很少有言語互動，最多點頭而已。有一天，停泊載客的當下，一名中年男士向前探問他：

「請問如何能申請到這樣的一份工作？」

這位長鬍子司機以過來人身份友善的指導著：

「去醫院的總接待處，領取表格填寫，提出申請，再等候通知。需經過一些的程序。」

那次的談話，是我聽過他說最多話的一次。

那天以後，我猜想，他一定開始感受到自己有多麼的幸運，擁有這份工作。這一份還有很多人要排隊等候的工作。

車窗外的雨現在還下著，不再是斜斜的刺下，是輕輕的飄落著。

外面行人，有人打傘，有人穿雨衣，有人甚麼都沒有，只好快步走路。有傘有雨衣的人動作反而閒散，只有那赤手空拳的才會保持某種警醒與速度。人生總是這個樣子。

牙醫院到了。

下車。

「非常感謝您。」我有禮的對司機說。

「不客氣。再見了，我的愛。」

跳下公車。

撐著大傘，我緩步往目的地走去。我有帶傘，步伐不需匆促。

今天帶的這把雨傘，是朋友從西班牙來訪時忘了帶走的。這就是雨傘的命運吧，總在外面流浪淋雨。

曾經也是一個容易遺忘雨傘的人。

多年前，偶然看到一位剛從英國大學畢業的台灣女孩，邊仔細整理摺疊她那完好如新的小花傘時，邊輕聲說著：

「這把傘是初到英國時買的，跟著我整整四年了。」

這樣的情景讓我感動，一種惜物愛物的精神令我動容。

從此之後，我沒有再遺落過雨傘。

生命中常常如此，一件小事會影響著一些小事及大事。就好像，我從幼年開始一直不間斷的做著飛翔的夢，直到成年從未停止。但是，有一次，跟一位好友分享這樣的夢之後，飛翔的夢境突然就不再有了。這樣也好，回到土地上的日子踏實許多。我從來就是一個懼高者。飛翔的夢境總是令我緊張。

來到牙醫院，登記之後，服務台那位化濃妝的小姐，要我在等候區坐下等待。我於是在那些沙發長椅上選一個角落位置坐下，繼續等著。寬敞的等候區，含我一共有八人。因為時間尚早。

我看著這些空著的座位，我想著，年輕時有一個時期是不愛坐下，也不願坐下的。不管是指定坐的，排隊坐的，搶著去坐的，我都不喜歡坐。而現在呢，我一一坐下來了。不管是指定坐的，排隊坐的，搶著去坐的，不管是你愛坐或不願坐的，我好像都一一坐過了。不管座位舒適與否，我最終都安靜的坐下來了。

越來越多人走進來了。十五，十六，十七，十八，十九……人越來越多了。

座位幾乎坐滿人了。

終於，一個多小時的療程結束，我撐著大傘走出去。同樣的路徑回家。先等待醫院專用巴士再坐火車回家。這時候，突然發現，奇怪，多日來的肩頸酸疼不見了。應該是洗牙齒時的緊張情緒淹沒了肩頸的酸痛，這是一種代替的作用。

我想到我念國中的女兒，有一次參加鋼琴比賽時，等著輪到她上臺表演之前，她小聲告訴身邊的我：

「媽，捏我一下好嗎？」

「為甚麼？」我小聲驚訝的問她。

「讓我忘記緊張。用疼痛代替緊張。」

這是不是人類與生俱來的潛力？面對危機時的一種防衛，一種被動的防禦能力。

這是不是也是上天的慈悲？一顆心，不宜有太多的苦難。一次一樣就夠了。

過紅綠燈時，迎面走來了兩個人，一老一少，祖孫模樣。

這時我想起我的朋友，一位照顧孫子的朋友。同時想著，茫茫人海中，是否也有人因著看到某個身影而想起我這個人來的？就像我這樣，常會因著一個街角，一首歌曲，一間餐廳，一輪明月或甚至是一種空氣，而想起生命中的某個人某件事。

繼續走著。前方走來一位男士，對我微笑。

我並未回應。我選擇了用木然的臉龐向前看去，直直走去，故意忽視那樣友善的笑容。不是我無禮。是有一次，也就在離這條街道不遠處。有一個年輕男子，遠遠的走來，對著我微笑。我原來以為那是醫院的實習生，正想有禮的微笑回應。不料，他就在經過我身邊時，友善的臉瞬間轉換成另一個詭異的笑臉。還對著我說：

「Hi, little pussy.」（嗨，小野貓。）

我頓時錯愕不已，還得趕緊收起那已經出去四分之一的笑臉。

今天，我想，我不知道眼前這張笑臉，下一步會轉成甚麼樣的臉？

而應變能力總是遲鈍的我，會不會來不及轉變？或者轉變的很尷尬。

所以我就乾脆擺著一張不友善，也不無禮的一張中性的臉，那是最安全的表情。

但是我卻不希望用這樣的臉，終老一生。

這時候我看到了一位老人。拄著枴杖的老人家，一頭梳得油亮亮的髮，穿著黑色大衣，胸前配戴一朵紅花，還有兩片綠葉襯托。那是這個季節的典型穿戴，為的是紀念第一次世界大戰死去的英勇戰士。每年此刻，大家都說要謹記這一場悲慘戰役，期待和平時刻到來。有一個上午十一點整，還固定全國默哀兩分鐘。每一年都這樣說著，做著，每一年都還是有戰事發生。紀念和遺忘有著同等的重量。像翹翹板那樣，一邊是戰爭，一邊是和平。在兒童玩耍的廣場上不是都有翹翹板嗎？每一個小孩從小就愛玩的。大人們一邊紀念和平，一邊忘記和平，一下紀念戰爭，一下忘記戰爭。小孩們也高高低低的，玩得嘻嘻哈哈。

巴士來了。跳上車。

這次的司機是那位大鬍子男士。認得我，跟我說聲：嗨。有八分滿的乘客，我往最後一排的座位走去。司機很好心的等我坐下坐穩之後，車子才行駛開來。雖然沒有當過公車司機，但是我知道，這是他們的專業訓練之一。職前上課時，一定有說到這一點：

「你開的是醫院專用巴士，需耐心的等乘客一一坐穩之後才可行駛。」

我前一排的雙人座，坐著一位身軀龐大的女人。

因為過於肥胖，那張雙人椅座，只夠她一人坐。而她一隻腳還霸佔著走道。看到我走過來，還特別抬高腳往旁挪一下，我才能過身。那一隻大腳讓我想起了另一個人的另一隻腳。那是有一次，在市區一家購物商場的廁所內，也有看過類似的一隻胖胖的腳。隔壁廁所裏的女人想必也是體型壯觀的。她的其中一隻腳，居然從隔間牆下伸到我的這一間，看著別人的一隻腳上起廁所的感覺真怪異。

想到這裏，我突然想笑。

請不要誤會，我不是笑那些胖女人，因為胖並不好笑。

我總認為，每個人的外觀轉變，一定有一些不為人知的原因，不可抗拒的因素。無論如何，那是值得同情的。所以我從來都是很尊重任何一種的外貌。

那你笑甚麼？

我笑，是因為我又想到一個關於上廁所的笑話。那是發生在我朋友的朋友身上。

朋友的朋友在高速公路上內急，腸胃翻攪，還臭屁連連。趕緊找就近的休息站解決，一進入廁所，聽到隔壁有人跟他問候：「你還好嗎？」

朋友的朋友雖然不習慣上大號時跟陌生人交談，但是對方語氣溫柔有禮，不回答似乎失禮。所以他回應了：

「還不錯，舒服多了。」

對方又問：「你今天要去那裏？」

他答：「我今天要去台中。」

然後他又聽到對方急急說著：「你等一下，你等一下，我晚一點再打給你好了。這裏有一個莫名其妙的神經病，一直跟我說話，我說一句，他答一句的，真是討厭。我先掛斷了。」

這個真人真事的笑話，我從來沒講完過，總是笑到不行，講不完整。

我就是一個這樣自制力奇差的人，連笑都無法控制得妥當的人。不僅笑，其實連哭這樣的事，我也無法掌握好。比如有一次，一個起風又下雨的傍晚，在那樣的溫度，那樣的亮度裏，我憶起童年的有一個傍晚。也是同樣的天候裏，我的母親，焦急的母親，帶著多病的我，哭哭啼啼的我，一會走一會背的去看醫生。那一次是我耳朵發炎，裏面長一個大膿包。我一想到我那一生受盡勞苦的母親，我的淚竟然無法抑制的直直潰流，怎樣也無法停止下來。只因為那樣的天氣聯想到那一幕。唉！我居然只是這樣的一個人，連哭笑都無法管理好的一個人。

巴士漸行漸空了。除了司機之外，乘客部份，最後就剩下我前前排座位上的一個男子和我。這個男生長得很像英國歌手好像叫作羅賓威廉斯的，一臉吸毒過的樣子。他不時的也轉過頭來看我，可能感覺到我在觀察他吧。

我想到學生時代，坐公車時最害怕遇到這樣的景況。空空的巴士行駛在夜晚當中。有時就剩下我和司機，我非常緊張，擔心變態的司機，會把我載到荒郊野外，姦殺棄屍，像新聞報紙寫的那樣。有時，司機也會特意友善的跟我交談幾句，自己總是小心翼翼的回應，並猜測著他的下一步究竟會如何？我手心冒汗。只盼快快到站，快快下車。下車後，還疾步行走，擔心司機改變心意，不放過我。

現在，火車站到了。下車。

「非常感謝你。」我有禮的說。

司機僅點頭示意。表示接受。

又是一陣等待，火車來了。

跳上火車，趕快找個座位坐下。終究還是又坐了下來。
火車行駛開來，背後車站形影越來越遠。越來越小。
昔日那個不愛坐下的，年輕女孩的身影也越來越模糊了。

游泳池畔寫真

女兒們學習游泳整整六年。

六年來每週一小時不間斷的游，如今已經進入高級班。

她們在游泳池裏，如美人魚一般的翔游，自由式、蛙式、蝶式、仰式、跳水等等，樣樣精通。雖然如此，我們還是堅持的讓她們繼續上課，繼續游，當作是運動。算是在沉重的課業之外的另一種生活體驗與磨練。

小孩們現在參加的這個游泳社團是由幾位熱心的家長籌辦，已有三十年歷史。創辦者之一保羅，至今仍然熱衷游泳教學。他的女兒貝卡，幼年開始在這個游泳社團學習的女孩，現在也是教練之一。

我們的女兒們一開始是在保羅的班。一位六十歲左右的男人，上課非常認真，總是仔細觀察每位學員的游泳姿勢，逐一提醒修正。整個游泳池畔充斥著他的嘶吼叫聲。因為賣力的工作，即使是在寒冷的冬季裏，他的額頭也是冒著汗珠，衣衫總是濕透一大片。英國的游泳課程，教練幾乎不下水，而是在游泳池畔指導學員。只有最初級的課，教練才會著泳衣，在池裏教學。因此不要以為他胸前及背後的濕是被水濺到的，那完全是汗漬滲透出來的。

跟女兒們同時期開始學習游泳者，大部份的都已放棄，不再學習游泳了。

因為初級的學習比較輕鬆且具有趣味性。在越過某一個階段後，要晉升到另一種層級時，總是需要更多的耐力、意志力以及吃苦的精神。於是經不起這些考驗的學員就選擇放棄了。而這樣的人居然佔大多數。

我在觀察這些高級班的學員時，我注意到他們都有一個相似之處，也就是他們的背後都有嚴格的家長在督促。

而第一名嚴格的要算是今年度的新主席，夏洛特。夏洛特有三個小孩：老大丹尼爾，十六歲；老二益恩，十歲；老三漢娜，六歲。

夏洛特的外型又高又壯，前胸飽滿壯觀。她不僅身材魁武，眼神也是銳利逼人。特別是看著她的兒子們的時候。她對於我們倒是非常和善，但是總也是毫無掩飾的在眾人面前展現她特別嚴厲的家教。

丹尼爾，高高瘦瘦的年輕人，一副吊兒琅噹的樣子。依經驗判斷，像他這樣又是這種年齡的英國男生，若非有這位嚴厲的母親督促，他應該是會是跟著狐群狗黨到處鬼混的孩子。而一般英國父母，大多尊重小孩，很少像她這樣具有鋼鐵紀律的教養方式。

有一次，丹尼爾來社團幫忙，應是母親強逼來打工的。他滿臉的不情願，動作拖拖拉拉，口中還喃喃的念著一些話。他母親察覺，立即大聲斥喝：「Excuse me（拉長音），有甚麼問題嗎？」

這就是英國人的禮儀，再怎麼生氣，都還會加上「Excuse me」（很抱歉）。

「沒有啦！」他低著頭小聲的說。

「沒有就好！小心我打下去。」

她用了「Knock Down」（擊倒）這個字。

她真的是一個很兇悍的女人。

又有一次，丹尼爾和弟弟一起上課，兩人頑皮的在池裏嘻鬧。

夏洛特也不顧教練在場，大聲怒斥他們兄弟兩人，頗有喧賓奪主的味道。

這兩個兒子當時非常難堪。我看到丹尼爾，滿臉通紅的，偷偷瞄他的母親，然後趁著她沒看著他時，嘴裏又開始念念有詞的。當母親怒光再轉向他時，他又趕緊閉上嘴。

他們的妹妹漢娜，一個可愛的金髮女孩。認識她的時候，她還是包著尿片，光著上身，在游泳池裏玩耍的幼童。現在她已經念小學一年級了，頗有小小公關的架勢，逢人就聊天。有一次她就跑來找我聊天。一場雞同鴨講的對話。

「唉！游詠課真的好久！」她像大人那樣不耐的語氣。嘟起小嘴說著。

「妳有參加游泳課嗎？」我問她。

「有啊！每個星期四早上八點。」

「星期四早上八點？不是要去上學嗎？」
「是啊！很早的！所以我都需要很早起床。」
「幾點起床？」
「很早啊！一點就要起床囉！」
然後她張大圓圓的眼睛看著我說：「妳有沒有懷孕？」
「沒有耶。」
「我媽媽懷孕了！她就快要生小寶寶了。」
「真的？何時要生？」我驚訝的問。
「下星期吧！」
我開始懷疑了，夏洛特雖然體型魁武，但也不像是孕婦。更別說是即將臨盆的產婦。
「對了，妳幾歲？」她又好奇的看著我問。
「妳猜看看？」
「我六歲，我媽媽六十歲了。」
我想，這絕對不可能。夏洛特看起來應該是四十幾歲的年紀。
我想再確認一下。我問她：「那你爸爸幾歲呢？」
「我的爹地哦！他已經四十歲了。比我媽媽還要老。」

布萊恩先生

大約整整三年沒見面了。春天時再度見到布萊恩，他一身輕鬆自在的穿著，膚色變黝黑，看起來結實健康許多。

過去多年來經營語言學校的布萊恩，平日見他若非西裝筆挺，也是一副白領階級嚴謹的穿著。他忙碌於招生辦學與教學，總是膚色白晰配搭著欠缺運動的多肉體型。當時他最常抱怨的事就是：沒有時間去度假。

他後來決定賣掉經營成功的語言學校，過著半退休的生活，他在當地的學校教一點法文，幫助戲劇團體設計舞台燈光，在自己小孩學校當義工，日子過得似乎非常優遊自在。他說現在最令他傷腦筋的一件事是：孩子們問起他的職業時，不知道該如何給適當的答案。

記得那是在多年前接到他的一通電話。他語氣嚴肅的說：「潔西卡，讓我告訴妳一個消息。我還未告訴別人，妳是第一個知道的。因為多年的情誼以及妳是我們最重要的客戶，我第一個要告訴妳。」

我戰戰兢兢又受寵若驚的聽著，心想：「會是甚麼大事情？難道是他要跟愛麗森離婚嗎？」

布萊恩跟愛麗森這對夫婦，相戀多年結婚後共同創業。一起認真打拚事業建立起一片江山，同時養育著三個可愛的小男孩。

他接著說：「我和愛麗森決定要把學校賣掉了，多年來經營事業，家不像家的難得去度假。妳信不信？我們已經有五年沒去度假了。」

在此說明一下，對英國人而言度假可以說是生活必需品，就像陽光、空氣、水一樣重要。在英國，富人有富人的豪華度假方式，窮人也有窮人的經濟實惠度假方式。總之，度假是必要的。銀行甚至也提供了度假借貸的服務項目。英國人是不惜借錢也要去度假的。這就是為甚麼這麼久以來，沒空去度假的布萊恩會如此耿耿於懷。試想這些年來，他的員工一個接一個的按時度假去，就他一人在學校跑上跑下忙東忙西的，全年無休。他內心怎會平衡呢？

他繼續說著：「再不改變現有生活方式，我看我們的婚姻也走不下去了。」

後來我們約在一家咖啡廳裏見面長談。我點了一杯拿鐵，他的是一杯濃縮咖啡。大約兩小時的談話，多半是他說我聽。同時間我細細品嚐我的熱咖啡，而他是在談話結束前，一飲而盡他那一杯小巧濃烈的黑咖啡，應該冷掉了，我想。那就是上一次見面的時候了。

三年多了，就這樣一眨眼的時間。怎不令人感嘆時光飛逝呢！

那天看到一派輕鬆模樣的他，真像是脫胎換骨換一個人似的。他帶著難得一見的愉快笑容，燦爛如陽光。過去經營事業時，他的臉上大多是嚴肅緊繃的，有時候也只是掛著客套的，硬擠出來的僵硬笑容。

我看著他曬黑的古銅色皮膚，問他：「去哪裏度假剛回來？」

他急忙說明：「不是啦！我們決定在新居的大花園裏建造一座游泳池，成天和工人們一起搬運石頭砂子，風吹日曬的結果。」

我笑著說：「真的是這樣！我還以為這幾年來你到處度假呢！」再問他：「游泳池！多大的池？」

他說：「長和寬各十公尺的池。」然後繼續說著：「你無法想像就這樣大面積的游泳池，挖出來的泥土量有多麼驚人！像一座山，大卡車載走好幾車呢！」

他露出一種新發現，嘖嘖稱奇的表情。

那一天他和愛麗森以及小兒子三歲的吉米來訪。他另外的兩個大兒子去上學了。

小吉米簡直就是布萊恩的迷你版本，讓我看了忍不住想笑。驚嘆怎麼會有如此相像的父子檔？孩子長像肖似父母，本是常有的事。只是多半都是臉型像父，嘴形像母，或者眼睛像父，鼻子像母，甚至還有動作像祖父，講話像祖母之類的部份相像。鮮少像布萊恩父子這樣整張臉都像。甚至連笑容都像的一模一樣的。

這回是我在嘖嘖稱奇了。

我們就這樣在歡樂的氣氛中暢談一個早上和半個下午，直到要各自去接放學的小孩，於是在不捨中道別。

時間在春夏交替中進行著，夏天過後的一個早上，我們應邀去拜訪布萊恩的新家。以及參觀他們新建好的游泳池。

他們的新居位於極偏遠的地區。開車行經許多大大小小的道路，以及無數彎彎曲曲的羊腸小徑之後才抵達那個村莊。雖然事先布萊恩細心的用電子郵件寄來他們家的外觀照片，幫助我們尋路方便。但是我們還是感到困難重重。他們家的地址是只有房子名稱沒有門號的，在英國有許多這樣的住址。我總是很佩服送信的郵差，如何能記得清楚這些名稱及位置，於是他們的地址可能是：

Willow tree House　柳樹之家
Riverside Field　河邊園地
Sunflower Garden　向日葵花園
Happy Cottage　快樂屋

我們還認識一戶人家，房子名稱是一個奇怪的字。細問之下，居然是德國口香糖的牌子。

總之，這樣的地址，對於初到貴寶地的人不是很容易可以順利找到的。女兒們有時去參加同學的生日會時，也會遇到這樣的地址。還好細心的家長們總會在住家的花園前面掛上幾顆花花綠綠的氣球以便辨識。

那一天，去布萊恩的家時，我們的衛星導航系統在抵達那個村莊時就宣告說：「目的地已達，任務完成。再見！」

接下來我們就得要逐一觀察村子裏的房子外貌，對照記憶中的照片。因為照片存在電腦裏沒有列印出來。我們就這樣拼拼湊湊一些記憶：

「是磚造的房子。」

「好像有白色的圍牆。」

「有兩個煙囪哦！」

「還有一棵大樹！」

仔細逐一比對回想，還是沒能找到。

「打電話給布萊恩吧！」老公建議。

在電話中告訴他我們的所在地：「是養馬的農場，對面有一座荒廡的教堂。」我們照著他的指示：「再開過一個路口，看到一間酒館，再轉個彎。」

後來就看到笑瞇瞇的他在路旁招手。

仔細觀看他們的豪宅，有些隱密。從馬路的角度看過去不易看到全貌。他電子郵件寄來的房子正面照片是從他們花園方向照的。不容易讓開車的人靠著照片找到這間大房子。

他們的新家內部十足的鄉村味道，自然純樸舒適自在。空間寬廣，原來應是兩棟雙拼式住宅打通改建的。總在細微之處注意到他們把自己的品味及喜好，或大方展現或無心隱藏在這座屬於他們的城堡當中。

他們之前的家我也去過。同樣位在荒郊野外，只有寥寥幾戶人家的村落。他們的那個家是一間農場（Barn）改建的新住宅。非常非常特別的房子，很高、很鄉野。建築物裏刻意保留著農場時期留下來的原始木樑及柱條。有著極特別的風味，身處其中，有一種又古典又現代的混合感覺。屋外還有一大片綠草地，角落裏置放一輛很專業的除草機，有四個輪子可以像騎機車那樣的除草。草地寬闊，需要費時五小時，除草工作方可完成。

我很瞭解為何他們總喜歡住在鄉野之間，安靜之處。

同時他們夫妻逛街購物也不愛去本地的市區逛，他們寧可選擇其他較遠的城市。

可以想像他們十五年來在本地的市區經營規模最大的語言學校，走在市區裏，可以說處處是熟人。除了來自世界各國學習英語的國際學生之外，還有就是大批的英國住宿家庭了。

經營語言學校，除了招生壓力之外，就是這些住宿家庭的安排。因為來自海外的學子需要在一個安全友善的家庭環境裏，學習英語認識英國文化，因此英國住宿家庭的安排是極重要的一環。

創業維艱的夫婦倆，是一家一家的親自拜訪檢驗這些合作的家庭。因此對於這些家庭都很熟悉。如果他們也住在近處，又在那市區逛街，走兩步路鐵定遇到熟人，遇到了不只是打聲招呼就算了，還要停下來寒喧幾句才不致失禮。因為這些都是客戶啊，不能得罪的。這時候，出門就是一種負擔了。

更何況，多年下來，我相信他們多少也會有一些樹敵。這是在商場上所難免的。也就是說遇到不好的住宿家庭，被三振出局的家庭，沒有按照規定照顧或善待學生而成為拒絕往來戶的家庭。若走在街上三兩步就遇到這種家庭，心情也會大受影響。所以呢，我十分理解為何他們總是選擇位於鄉野郊區，以及遠離塵囂的桃花源居住了。

那一天在他們的新居裏暢談到午後。直到需要各自接送小孩下課了，才不得不告別，互道珍重。

我們與布萊恩夫婦是多年的老朋友，但總也是各忙各的。

最近是在小孩上網球課時再次相遇。除了互相擁抱問候之外，我不禁感嘆：「我們的生活忙碌就像小孩們的專有計程車司機那樣，載上載下的。」

一向快人快語的他說：「唉！比計程車司機還不如！他們還有錢賺呢。只希望小孩們會心存感激囉！」

他立刻轉過頭去問他的大兒子：「班，你會不會感謝？」

班站在一旁靦腆的笑著，還是跟他爸爸一模一樣的笑容呢！

關於辛西亞

不是每一個夢想都可以成真。

對於那些夢想成真的人，心中一定要很謙卑，很感恩。因為你的美夢能夠成真，不一定只是靠你的努力，還要加上一些運氣及祝福。

對於那些夢想還未成真的人，千萬不要氣餒，不要失去夢想，也不要放棄努力。因為你在逐夢的路途當中，一定會看到一些美景，一些鳥語花香。千萬不要因為太過於專注你的目標，而忘記品嚐這些沿途風光。另外，最重要的是，不管路途平順或坎砢，都不要失去內心的平安。因為內心的平安就是最美麗的寶藏。

上個星期日，我們教會的辛西亞，和她的倆個女兒茉莉及莎莉受洗了。在這個受洗的典禮過程中，我很受感動。辛西亞是一個單親媽媽，而且行動不便的女士。因為病毒的侵襲，她的手及腳，無法行動自如。可以想像她孤單一人，撫養兩個小孩過程必定十分艱辛。特別是這兩個女兒都即將進入青少年階段，教養當中，一定需要許多的耐力及體力。

對於辛西亞，我總是可以感受到她的重擔。第一次注意到她內心的苦，是在一個週日早晨裏。在教會裏她坐在我前排的座椅上，當唱起詩歌時，她頻頻拭淚。我想，當時的她一定正走在生命的低谷中。於是聚會結束時，我走過去跟她聊聊。健談的她，開始用她特有低沉沙啞的聲音，跟我分享了她的故事，以及她曾經有過的夢想。從小喜愛音樂的她，年輕時拉了一手不錯的小提琴，也希望能成為一位專業的小提琴手。但是一場病毒的侵襲之後，她的手腳不再便利，不得不放棄她心愛的小提琴生涯。

年長之後，原本期待建立一個美滿的家庭。卻換得一場破碎不幸的婚姻，歷經離婚訴訟的磨難，雖然在法律上獲得勝訴。但是受前夫暴力威脅過的恐懼後遺症，還持續威脅著這整個家庭。可憐的女兒們，至今還在接受心理治療中。

整個受洗的過程中，我看著辛西亞篤定的神情，很是感動。她渴望平安的心一覽無遺。渴望平安，這不就是每個人都在尋找追求的嗎？

也許她巔簸的步履，沙啞的聲音，孩子教養的問題，現實的困境不變。

但是因著信仰，她得著平安了。我為這個家庭感恩，也祝福她們一生追求真理的夢想，永不放棄。

不可取代的

那對鬧得不可開交的兄弟，終於各奔前程了。

他們是來自土耳其的一對兄弟，兩人都有明顯的五官，高壯的身軀，迷人的笑容以及勤奮的工作態度。

現在哥哥的餐館沒有弟弟幫忙，仍然繼續營業，繼續忙碌，繼續賺大錢。

哥哥是十足的生意人，對員工有高度的要求。這是每個事業成功的要素吧！

每次到這家餐館用餐，總能感受到一股服務生與老闆之間肅穆緊張的氣氛。

我們頗能理解經營事業的苦心及無奈，做老闆的可以理直氣壯的要求及責備員工，同時也需要承受員工從背後而來的批評抱怨。於是我們聽說了，老闆怎麼可以罵我們廚師呢？是服務生寫不清楚嘛！服務生說，是客人剛才明明說是要薯條的啊！說也說不清，被老闆大罵之後情緒都不佳。點餐時更是狀況頻出。

兄弟倆在這樣充滿不平的氣氛中，共同度過五年漫長的日子，五年來朝夕相處神經緊繃的日子。老闆以嚴謹的態度對待員工時，成熟的員工視為理所當然，坦然接受，虛心學習。但品格成熟的人畢竟不多。所以服務生們能忍的就忍，不能忍的就離職。但是，嚴格的態度用在自己的親弟弟身上時，就不是那麼單純了。

於是跨越在這對很少交談的兄弟之間的鴻溝也就越來越深，越來越寬廣了。他們從來不說，只用想的，因為是兄弟，不需要明說。你應該要知道的嘛，哥哥心裏想，我對你已經不錯了，提供這樣的一個工作機會給你，特別是在英國這樣失業率高的國家裏。弟弟心裏想，我為你做牛做馬的，還要被你大呼小叫的我是你的弟弟耶，實在讓我沒面子。

終於弟弟在最繁忙的聖誕節前離職，存心要看著哥哥手忙腳亂的樣子。離開哥哥的餐館之後，弟弟很快的在其他的餐館找到新工作。繼續生活，繼續忙碌著，從中午到深夜。

哥哥也急著在聖誕節前找了幾個新員工來。她們從一開始生疏的服務態度，戰戰兢兢的學習點餐，寫菜單，送上食物，清潔桌子，度過一陣手忙腳亂的日子後，一切也逐漸熟悉上手了。

同時間，弟弟在一家新的餐館工作，沒有哥哥的強勢管理，工作雖忙碌但是心理上顯然輕鬆許多。

轉換之後，就是一種更新。生活繼續著，生命也跟著延續下來。

所以，不要以為有誰是不可取代的。至於親情，也許因為減少工作的密集摩擦，兄弟關係就更加親密了。

生活雜記

一月九日

天氣是灰濛濛的一片，同時也是一個起風的日子。今天的風很大，不同於一般的風雨而已，氣象報告說有颶風。剛才出門時，看著路旁的紅綠燈搖晃的景象，我就知道今天的風的確不小。

因著大風的擊襲，窗前的松樹枝葉忙著扭動身軀，好像是回應颶風的召喚。距離樹幹越遠的枝子，晃動越是厲害。於是即使是一陣大風掃過之後，它還是搖晃不停，再等下一波風襲吹過來時又搖擺得更厲害了。相形之下，巨大的樹幹卻始終保持聞風不動的姿態。

這樣的景象，讓我聯想到我們生命的穩定度。

親愛的朋友，你是如樹幹之穩定？還是如枝葉般的搖晃不止呢？

二月十五日

英國的美景會讓人想要學畫畫，於是我報名學習水彩畫。

今天是第五次上課。水彩畫老師奧黛麗非常會鼓勵學生，我畫的速度比較快，她經常會展示我的作品給大家看。每次總是一陣驚呼，哇！好漂亮，好精緻，色彩真美，等等稱讚之言詞不絕於耳，讓我的心裏大受鼓勵並充滿感激。因為同學們，個個都是心地善良的好人，她們從不吝於給予讚美。總之，這是一個非常友善的學畫環境。我因為初學，總是畫得很快。

我的經驗告訴我，畫到點到為止即可，一再修改會破壞格局。有時修補越多，越容易出錯，所以我在繪畫上很乾脆，速度總是很快。

兩小時的課程當中，老師經常還會再拿第二份作業給我畫，而其他的人可能第一份都尚未完成呢！對了，我忘了說明，我是全班最年輕的學員，其他都是退休老人家。

今天大家談及在水彩畫中如何避免錯誤，以及如何預知錯誤而防範。大家七嘴八舌的分享經驗。有人說，經常都是在下筆之前想說，這筆不要畫好了，可能會出錯。但是畫筆仍是不聽話的畫了下去，結果真的是錯誤的敗筆，心中懊惱不已。為甚麼要畫下去呢？早知道不要畫就好了。

我似乎也經常有相同經驗，於是一種想規避犯錯的心態產生。在畫水彩畫中，我算是膽小鬼，總是盡量用淡淡的水彩畫下。我擔心一旦畫下濃深的色彩，就很難有補救空間了。這讓我聯想到，就像我在廚房裏的作風一樣，烤箱的火，我經常用小火烤。因為不想等食物烤焦之後，就毫無挽救的空間與餘地了。

水彩老師說，不要怕犯錯，多嘗試就會進步。我發現，現在的我，很多時候居然不想冒險。不知道是不是年紀較長的關係，有人會以為我是一個勇敢向前的人，是一個勇於接受挑戰的人。其實有時候我算是一個十分保守的人，我從繪畫中認識了自己。

二月十六日

我常在想，像我這樣的人，沒有變壞，算是很幸運的了。或者說，沒有變成一個愛慕虛榮或者很墮落的人，想起來總是慶幸。因為我的個性其實是很危險的，一旦決定做一件事情時就全心全意的做，拚命地做，義無反顧的做下去。

所以像我這種個性的人，如果誤入歧途，後果就不堪設想了。還好我一路走來，都做對了決定。我選擇認真唸書，也就順利完成學業。我選擇正派的經營事業，結果沒日沒夜的做事業，事業就做成功了。

我現在決定要好好的寫作。也試著努力的寫，於是逐漸聽到一些迴響。設想，如果我決定去賭博，我一定會沒日沒夜的賭下去。結果一定是傾家蕩產，也有可能流落街頭。

想到這些，我就覺得自己很幸運。像我這樣的危險人物，居然沒有變壞。認識了自己的本性之後，我於是更小心了。免得有些事情會像毒蛇一般的長大，終究會讓自己窒息。該閃躲的則需要閃躲，不要逞強。我經常這樣告訴自己。

二月十七日

一

寫就是了。越寫總會越清楚。文字書寫，對我而言，像是近視的人，戴上近視眼鏡一樣，模糊不清楚的漸漸清楚。

二

有時一句簡單的話，就會讓我感動莫名。就像是「當你已經擺平在地上，你就不可能再跌倒。」這樣一句簡單的話，引起我深切的共鳴。

我有時候的確有這種心情，一種無所畏懼的心境。因為多年來的挫折以及被誤解，造就了自己的勇氣與堅強。歷經許多之後，有甚麼會再讓自己跌倒了呢？

自己看事物彷彿更為明白透徹。

「當你已經擺平在地上，你就不可能再跌倒。」

不知道是誰說的。

二月十八日

今天是春節大年初一。小時候最期盼的日子之一。現在台灣過年的味道已經變薄變淡。大大迴異於昔日的熱鬧情形。「行春」是春節時期，大家出來走走互相道賀新年快樂的活動。今天越洋電話中，母親說，現在的台灣人已經不再有行春的習慣了。有些傳統，就這樣遺失掉了。反觀英國此地，聖誕節的氣氛仍是濃厚。留住美好的傳統其實是不錯的，在我看來。

二月十九日

寫一篇小說之前，會大約的擬定一個大綱，做一些簡單的計畫。

但是一旦開始寫了，就無法照著大綱走了。總會有不斷新靈感湧現。寫著寫著，大綱就不怎麼有用了。有時也會在寫作的十字路口上掙扎一下，向右轉是大綱，像左轉是靈感，何去何從？甚至有難以取捨的局面。我大部份是跟著靈感走，雖然如此大綱也有其作用，因為是大綱引領著我字字句句的打出段落來。雖然後來沒有順著原來的大綱方向走下去，但是他仍然是功不可沒，大綱像星光，遠遠的，總讓你認得出方向。雖然你不一定會往某一顆星星的方向走去，但是遠方的亮光讓你有所行動。

這段日子以來，在寫作當中經常會驚訝於自己看事情的觀點，原來也是具有一定的深度，而有時候也有一些的膚淺。總之，從書寫中，我更認識自己，這算是最大的收穫吧。

五月四日

四月初出遠門之前，花園裏有一整排的鬱金香，正含苞待放。

那是去年秋天埋下的莖種，今年是第一次開花。當時看著她們緊緊裹住的堅實花苞，隱藏著淺淺淡淡的綠色，那是所有鬱金香含苞待放的顏色。於是我猜想著她們未來的顏色，是淡淡的鵝黃？還是鮮豔如火的紅？是高雅的白？還是迷樣的紫？

兩週假期結束之後回來的清晨，我迫不及待的拉開落地窗簾一看。我不得不輕輕的嘆了一聲：哇！

此刻映入眼簾的，是花園裏各式各樣的花朵，我腦海裏閃現兩字：驚豔！多麼美麗的風景啊！花海裏包含這一整排淡淡粉紅的鬱金香，她們的花朵開的極為燦爛，美得令人昏眩。

看來是接近花季尾聲了，鬱金香的花季極為短暫，僅兩週左右。燦爛的花朵，綻放的季節總是特別短暫。像櫻花，令人陶醉的美麗僅僅維持一週左右。於是，總是踩在落滿一地櫻花瓣的人行道上低迴不已，像是身處夢境一般。

花開花落之間，能靜下心來享受每一時刻，就是十分幸福的事情了。

離鄉

整理行囊，遠赴他鄉，流浪四方，似乎是很浪漫的一件事。年輕的時光裏，每個人都有想飛，或遠走的夢想。就像台灣詩人張芳慈的詩裏寫的：

是啊
每一條路都向外
每個孩子都想飛

雖然流浪是年輕時的夢，但是年長之後，被環境所逼迫而不得不遠走他鄉的人，其實心酸多於浪漫。

小琦，是在英格蘭中部，也是我居住的鎮上，在一家中國餐館打工的年輕服務生。我們第一次去這家餐館用餐時，是她來接待我們入座。她說著流利的英語，臉上帶著親切的笑容，總是令人非常愉悅的服務態度。她看到我們同樣是黃皮膚的亞洲人，很好奇的跟我們聊天。於是我們得知，二十歲的小琦，來自中國江西的一個鄉下小村莊，隻身來英國打工已經三年，母親長期在台灣打工，她已經整整五年，沒有看到自己的母親了。因一場意外而殘障的父親，則在中國照顧仍然年幼的弟弟。

小琦用著輕快的語調，談著自己的家人以及自己的經歷。可能是餐館裏的忙碌氣氛使然，她說話總是帶著一種速度說著。儘管如此，我察覺到她眉宇間透露著淡淡的思鄉愁緒。她的愉快談吐，敏捷的動作，讓人印象深刻。用餐之際，我看著她總是親切愉快的跟每位用餐的顧客問候，聊上兩句。是一位十分勤快的服務人員。

隔一段時日，再次去這家餐廳用餐，小琦穿著不同顏色的制服了。她輕快的說：

「升領班了。」

她還是一樣親切自然的態度，勤快迅速的身手。我想認真的人總會受到賞識吧！

這一位年輕女子，正用行動在異鄉書寫著她的人生奮鬥故事，很好奇接下來的新章節會有何發展？

離鄉故事有許多，但是如果是來自優渥環境，帶著高姿態而來的異鄉者，訴說的又是另一種不同的離鄉故事。麥可是多年以前，我在一家德商公司工作的同事。他是一位德國工程師，當年五十多歲的他，隻身來台工作。在德國家鄉有結婚多年的老婆，以及三名子女。在家人心目中，他是一位慈祥慷慨又顧家的好男人。

因為是外派到亞洲，麥可有極為豐厚的待遇。身材高大，長相和氣，個性幽默，說話客氣的他，一來到我們寶島台灣，就受到友善的同胞們喜愛。可能是台灣人原本善良的特質，加上一般人崇洋情緒的作祟，外國人在台灣總能獲得友好的待遇。因此，除了同事們爭相邀請他到家裏作客，並帶著他遊歷各處風景名勝之外，他很快的就結交了一個台灣女友。兩人出雙入對，儼然就是一對親密伴侶的模樣。當時年紀輕輕，個性單純的我，很難接受這樣的情景，我難以想像，怎麼有人可以過著這樣雙面人的生活？而這個台灣女孩，又怎麼會跟一個有婦之夫交往？而且就在我們辦公室裏，肆無忌憚的親密進出，大聲談笑，毫無羞恥之心呢？記憶中，我總是跟這個女子保持距離，因此經常有他們以及其他同事大夥聚在一起談天說地，而我總是不在那當中。年輕時的自己，黑白之間壁壘分明，灰色地帶無法存在於自己當時那種簡單的生命及思維裏。

有幾次，麥可的德國妻子來台灣拜訪，而這名台灣女友就不得不消失一陣子。

麥可妻子有幾次也出現在辦公室裏，但是大家顯得比較靜默。同事們似乎很少跟這名德國婦女交談。現在回想起來，應該是擔心說錯話，或者是不小心說出實話而鬧出問題吧。

記得有一次麥可與女友去了一趟泰國旅行。同行還有其他德國男士。回來時麥可跟我分享他們旅程中的種種趣事，詳細情形我已經不記得了。但是他說了一句話，卻讓我至今印象仍深刻。他笑嘻嘻的告訴我說，帶著這名台灣女友同行去泰國，他的朋友們私下嘲笑他說：「都來到大海了，何必還帶著這一杯水來？」

用這樣的比喻，嘲笑麥可的多此一舉。

現在想起，也許存在於麥可與這位台灣女友之間的僅是一種交易吧。他們來到市場當中，逛呀逛的，撿選了自己所需要的，所喜愛的。然後各自付出各自的代價，各自取走自己所需要的。如此而已。

年長之後，閱歷增長之後，已經不再那樣黑白分明了。可以說是老練，也可以說是圓融。或者就是見怪不怪了。

於是，我曾經在英國的大學學生宿舍中，看到一對男生包裹著浴袍同時間從浴室裏濕答答的踏出來時。仍然可以從容友善的跟他們問候，說聲嗨！

於是當一位高俊英挺的英國大學男教授，跟我介紹他那瘦弱的同居伴侶，一位來自亞洲的男子時，我仍然可以態度從容自然的跟他們聊天說笑。

總之，離鄉的故事不斷上演。離開之後，出發之後，是不是總要回到原點？

我相信每個人最終都會自我檢驗這一趟旅程的品質。透過一種儀器：良知。報告的結果，終究會決定你的心情。

人生好像是一場生命的巡迴展，最終總要收起所有的展示品。開始與結束距離不算遠。這也就是為甚麼，嬰兒的眼睛跟老人的眼神總是接近。而失智的老人，在記憶逐漸模糊之際，充塞的總是孩提的記憶，可能是一則久遠的故事，或者是一段過去曾經走過的路徑。甚至孩童時的成長所在地，才是心目中真正的家園。

離鄉的人啊！是不是因為這樣，你書寫的總是家鄉的種種，說出來的常是那一些從前從前的故事。

人生的盡頭

八十六歲的桃麗絲，上週病逝於倫敦。

桃麗絲的一生是絕然的孤寂。身為一名棄嬰，她無從得知自己的親生父母是誰。她在孤兒院長大，有著十分艱難的童年生活，及至年長她一直都是維持單身從未結婚。總之，桃樂絲的一生自始至終就是孤孤單單的一個人，毫無任何有血親或姻親這類相關連的親人。但值得安慰的是，她擁有幾個關心她的好朋友。

一生熱愛藝術和文學的桃麗絲，晚年住在看護之家。

看護人員偶爾也陪她玩賓果遊戲消磨時間，這是一種英國低下階級婦女們所熱愛玩的猜數字遊戲，而這也是桃麗絲從前不可能玩的遊戲，甚至在她內心裏有些輕看的無聊遊戲。

這就是人生的盡頭了，逐漸歸零。從看似繁複的文學藝術演變到簡單的一場數字遊戲。

從椅子上看見了風景

今天帶女兒到牙齒矯治診所進行例行的牙套調整。女兒帶牙套大約兩年了，療程已近尾聲，這二年來每六週就要到此診所調整一次。這一段時期，我正好熱衷寫作，筆紙不離身，隨時隨地的一有空就記下一些想法，就連陪小孩坐在牙齒矯治診所也是如此。

這一家位於英國中部的牙齒矯治診所，是一棟白色喬治亞式的建築。室內空間明亮寬敞，她們體貼的在就診間內放置兩張椅子給陪同進來的家人坐。這兩年來，我每次一坐下，就開使埋首寫字，直至有一次，護士終於忍不住了，她好奇的問我：「妳都在寫些甚麼啊？每次看妳都寫得這樣專心。」

我才恍然大悟，這些日子以來，我在診間沉迷寫作，忽略了旁觀者的眼光。我放下了紙筆，想著其他家長坐在這張椅子上，不知道都在做些甚麼？

我開始用另外的視野看這個空間，這位護士一整天下來，看著同樣的椅子放在這裏，坐著不同的人，不同的態度，不同的表情，一定很有意思。而我低頭寫作的當下，是不是同時也錯過了一些風景了？但是，這不就是人生嗎？取捨之間總有得有失。我們需要在各式各樣的焦點中做取捨。

今天在診所，我觀察這位女醫師，她坐得端正，熟練的拉緊牙套調整位置，純熟的舉止，就像是一位專業的大提琴音樂家，專注調音的優雅動作。我發現她有一副濃纖合度的好身材，緊緊的被包裹在合身的衣物之下。不算年輕的她，看起來居然一點贅肉也沒有。她將那一頭褐色頭髮整整齊齊的札起一束馬尾。眼睛炯炯有神，說話語氣篤定，聲音清楚宏亮。整個人的外觀，看起來很專業，很讓人信任。在她身旁的護士，體型算肥胖，與她恰成對比，衣服起了皺折，眼神有些倦態。我想如果她們的職業對調，身材是否也會有所不同？於是我開始觀察這裏的每位醫生和護士們的外觀，很巧的是，每位醫生都是身材適中，而護士們都顯得過胖或微胖。

我好奇的想著，究竟是工作影響了她們的身材？還是她們的身材影響了她們事業的發展？

英國的老人家

水彩課中，缺席幾次的的莫莉今天出現了。這幾週上課，她總是斷斷續續，時來時沒來的，當我問候她近日可好時？

她搖搖頭說：「最近心情沮喪，情況很糟糕。上完水彩課之後會去參加英國政府專為老人家開設的老人瑜迦課程，希望有些幫助。」

七十幾歲的她接著說：「去年癌症開刀過後，就經常心情沮喪。最近又檢查出帕金森氏症，雙手越來越不聽使喚，也不知道還能動筆畫多久了。」

臨走前，我跟她說：「期待下週見了。」

她說：「希望如此，但是我不確定自己是否還可以繼續來畫畫。」

這些日子裏，我經常看到年老及衰殘。心中雖然感嘆，但是不至於哀傷。這些更提醒自己，在仍然有氣力的日子裏，更積極努力，更享受當下所擁有的。於是在年老沒有氣力的時候，心中仍有平安及喜樂，生命就是如此了。

我問她：「是怎麼來的？」

她說：「自己開車過來的。」

這就是英國的老人家，獨立自主性高，懂得安排時間。我經常在火車上看到年紀老邁的老人家，獨自搭乘火車去旅行，或者到遠方探望兒女或親人。

老人自己提著大包行李，出遠門旅行的大有人在。我也曾經多次幫忙要下車老人家，提行李到月台處。然後看到她們的家人來迎接，彼此親熱的親嘴擁抱，並對我致上感謝。

我深深發覺台灣的老人家獨立性相形甚遠，今天的老人家，我們可以說是以往的教育制度，及社會傳統習俗造成如此。那我們的年輕人呢？是否已經開始培養建立足夠的獨立能力呢？隨著歲月成長，年輕人終究是會變成老人家的。今天台灣的教育制度，是否有幫助我們的年輕人建立理性的思考判斷能力？這是一個社會進步的重要條件。否則，整個社會終究就會隨著媒體操弄，隨著情感起舞，而非理性的思考。再者，就是覬覦父母的財產，子女經常將繼承財產視為理所當然，過度倚賴財產的繼承反而不懂感恩。並衍生抱怨及爭吵，這實在不是很好的制度及習俗。

想到自己的故鄉，還有遙遠的路程要趕，心情不免沉重起來。

大地

大地啊，你是我看過最孤單的魔術師

花季真的很短

花季真的很短。

大朵鮮豔的鬱金香，花期最多維持三週。在花園裏，她們是這個季節裏最為奪目的花卉。這些亭亭玉立的花兒，經過昨日一場春天的大雷雨襲擊之後，原本美麗盛開的大朵花瓣，如今搖搖欲墜顯得嬌弱不堪。

相形之下，報春花顯然不受這場大雷雨的威脅。報春花是一種俯伏在地面卑微成長的花朵。她們的色彩柔和，花瓣小巧，很難成為花園中的最佳女主角，她們是很容易被人忽視的一種花。但是暴風雨過後，她們卻也總是安然無事。經過雨水的沖刷以及風的洗禮之後，報春花反而更顯得神采奕奕。

花朵的綻放，呈現人間百態，引人深思。

花季畢竟很短。

懂得欣賞花開花謝，認真瀏覽四季風景的人，不管閱讀的是繁茂綠葉或者是冬日枯枝，我相信從這樣的眼睛裏，一定可以看見生命中的新意。

每一天都很特別

夏天的大腳步一下子就踩進了英國的上空。空氣中瀰漫著一種焦燥味道，毒辣的大太陽鋪蓋著每一吋青草地，翠綠的青草耐不住高溫紛紛以逐漸褐黃的顏色訴說熱的氣味。

在這樣炎熱的天氣裏，很難想像在三個星期以前，曾經天氣突然轉涼，夜晚氣溫驟降到十度以下，不得不重新開啟暖氣來。天氣多變化，莫怪此地人們喜歡以天氣大作文章，或者以氣候為話題，暖和人與人之間一開始無話可說的窘境。

在悶熱難耐的天候裏，我偶會回憶嚴冬的冰冷空氣，樹葉落盡的空曠，想像白雪鋪蓋屋簷，路邊低窪處積水結冰的冬日景象。覺得很不可思議，截然不同的景致，卻是存在同樣的空間裏。此刻的炎夏不就是冬日裏圍起厚圍巾雙手摩擦取暖時心中所期盼的嗎？

今天的天空是純粹的藍，絲毫不見一點點雲朵的蹤跡，湛藍的天空在烈日的配搭之下散發出一股寧靜沉穩的氣質。天空之下，大樹們靜靜地享受日光浴，全然不受畫眉、喜鵲及家雀們吱吱喳喳此起彼落的鳴叫聲音所攪擾。豐盈的綠葉以微風的姿態，微微浮動著，真是一幅美好的初夏景致。

我常常在想，造物主的創造真是神奇，數十億的人口，每一個人都有不同的外貌、性情及生活，每一個人生都是獨一無二的。每一個人的人生故事都很獨特，你找不到完全一樣的版本，這真是奇妙又偉大又多樣的創造。不僅是人類的創造，造物者所造的每一天也是獨一無二的。我們或許可以用春夏秋冬，陰天晴天或雨天來概括形容此刻身處的天候。但是仔細觀察會發現每一天都很獨特，沒有那一天是完全一樣的。藍天配搭的風向不同，花朵不一定每年都綻放，即使每年開放其色澤也不一定會完全一樣，雲彩在天空的位置與形狀從來不會重覆，鳥兒們的歌聲與節拍也不會一成不變。連我們自己也是不一樣的，跟隨著日子一天天的成長，我們的外觀與想法總是有所不同。

既然每一天都無法複製，每一天都是如此特別，是不是更要用心的生活，認真享受這份獨特的禮物？

看見亮光

大自然本身就是一個教室，充滿啟示。

總是在幾場風雨，再加上豔陽照耀之後，園子裏的果子就更加豐碩結實了。

人生不也是如此？總是要經過幾番歷練之後，才會成熟豁達。

花開花謝當中，讓我看到人生。

經過燦爛美麗的花季之後，稚嫩的果子就蹦跳出來了。

我發現每一顆幼嫩的果子，都是在花朵最枯萎，最醜陋，最乾燥，最沒有生命力的時候，突然地一霎那間躍然而出。這讓我想到犧牲與苦難。如果鮮嫩幼果是希望與成果的象徵，現實生活中不也是如此？很多希望或成果不也是出現在最痛苦或者漫長的等待之後。所以，如果有人正處於人生的最低潮時，一定要記住陽光就在轉角之處。長長黑黑的隧道總有盡頭出現的時候，所以無論如何，總要相信亮光就在眼前等著你，你一定要很勇敢很堅強的繼續向前行。

天空之美

週末全家去威爾斯旅行。沿途風光明媚，當我仰臉望著天空看著隨著氣候與風向而千變萬化的雲朵時，突然發現，放眼望去，天空其實佔據我們視野的絕大部份，而我們腳底踩踏的地面只是佔有我們視線的一小部份。但是我們最在乎的好像都是地面上的一切：房子，土地，事業，名利以及一切地上發生的人事物，這所有的一切密密麻麻地塞滿在我們每天的生活空間，甚至縫隙裏，每一天的日子就這樣隨著日與月的轉換而飄逝，我們多麼輕易地忽略了令人心曠神怡的天空之美。

對於大部份的人而言，這樣自由自在的美景是隨處可得的，只要有一顆願意欣賞，願意放下雜務的心。

這樣的改變

Barney和Money是我們家裏養的兩隻天竺鼠。

天候適宜之際，我們喜歡放他們在花園裏用鐵絲網圈起來的範圍內玩耍。看著他們可以自由自在地跑著跳著又隨意品嚐新鮮綠草時，總是令人愉悅。最近有幾次，不小心讓他們從鐵絲網裏給逃脫出去了，但是等到天色逐漸暗起來，他們就主動地回到熟悉的紅色桶子裏，乖乖地讓我們帶回屋內，再度關在他們所習慣的籠子裏。

回想去年他們剛來的時候，他們天性羞澀卻是充滿生命力與好奇心。也有幾次不小心讓他們逃脫出去的經驗，那時他們剛出生沒多久，對於新家陌生，一旦脫逃出去，便深受大自然吸引，以致於他們流連在外，久久也不願意回到籠子裏，我們費了好大的工夫才找回他們。

當時，他們仍是嬌小可愛的幼鼠，一旦接觸綠草地便好奇地摸索探尋，又跑又跳興奮地忙著享受新鮮嫩草。如今他們體重增加許多，長成已然肥碩成熟的大鼠。放他們在草地玩耍時，除了嘴兒不停地嚼動吃草之外，他們鮮少跑動，即使不小心跑出了鐵絲網還是會乖乖地回來，回到屬於他們的牢籠裏。

聽說天竺鼠的壽命約四到五年，Barney和Money現在還不到兩歲，應該就是處於他們生命中的青壯年階段了。正值青壯年的天竺鼠，在這樣短短的一年多裏就已經失去對大自然的好奇心，他們只想回到安逸的籠子裏。籠子有如溫室一般，有溫暖的窩，食物無虞，沒有兇猛的貓兒或狐狸的威脅，沒有風雨的擊打，也沒有刺眼的豔陽高照，住在籠子裏可以擁有主人的關心與餵養，相形之下舒適安全許多。

突然地，內心升起一股淡淡的悲涼與傷感。

是甚麼改變了他們原有的天性？是甚麼讓他們失去了喜愛冒險，崇尚自由的本性？那應該是他們與生俱來的本能吧！而這樣的改變究竟是好是壞？

一片葉子

我有時喜歡做這樣的想像：想像自己是一片葉子。一片漂浮在河面上的葉子，葉子順著河水流著流著，一直飄流著。葉子享受微風輕拂，享受暖暖的陽光照耀，但是葉子同時也要接受狂風吹襲，接受大雨滴落的拷打。身為一片葉子你只能接納所有可預見或不可預見的一切。這就是人生。

葉子順著水的方向流著，依著水的波動前進。對於葉子而言，這是一場看似漂浮不定的人生，就像每個人的一生一樣，充滿種種的不確定性。但是對於造物之主而言，這所有的路徑以及沿途風光，都是祂早早預定好的，一切都掌握在奇妙之主的手中。我相信這是一場被安排好的人生。而作為一片葉子或者說身為一個人，你只要穩妥的躺在河流當中，隨著時光之河前進，享受一切造物主所賜予的。

擁有這樣的人生觀，有些人可能以為我是悲觀被動地看待人生。但是恰好相反，我其實是很樂觀的一個人。我接受人生百態以及所有的人生過程，但從不悲觀看待。這樣的人生觀，反而讓我更珍惜每天的時光，珍惜身邊所有的人事物，而且滿心感謝的。我只為每日而活，我為所擁有的以及所沒有擁有的感到滿足與喜悅。有些人或許會認為這樣的生活目光短淺。但是我相信，當你每日每時刻盡心盡力盡自己的責任無愧於良心地活著時，就是在為未來做最好的預備了。我是這樣深深相信著。

時間

十月二十五日，這一天是十月的最後一個星期日，也是今年英國冬令時間的第一日。這一天清晨起床時，我把家裏的所有時鐘撥慢一個小時。當我拿著一個一個的時鐘向後旋轉一圈時，覺得自己好像冒犯了神聖的時間。因為時間不可逆轉，生命也無法重來。在逆向旋轉時鐘後，我的時間從早晨七點，變成了清晨六點，於是在今天的生命裏，算是多出了一個小時。

對於時間是甚麼？我忽然覺得陌生。旋轉時鐘的這個動作，對於時間本身並無影響，不管人們把時鐘調快或撥慢，時間的步履如昔，絲毫不受影響。那麼時間究竟是甚麼？是日升日落？還是花開花謝？是生老病死？還是喜怒哀樂？然而這些畢竟也只是與時間平行消逝的事物，那麼時間的本質究竟為何？

聖・奥古斯丁說：「你沒問我甚麼是時間，我似乎知道。但是，當你問我甚麼是時間的時候？我又茫然了。」

時間，分分秒秒消失之物，這尋常又熟悉的，像是一個謎。

這個謎團，總有揭曉的那一天。這也就是生命的趣味性，也許正是因為這個謎，每個人的內心深處從來沒有停止過某種的追求與探究。當我們走在人生的這條道路上時，每個人似乎都是處在某種的尋尋覓覓與摸索之中，同時也存著或多或少的疑慮。每一個人似乎都是如此，無人能倖免。

既然如此，人與人之間是不是應該更加的互相疼惜呢？

那一場風雨

今天一早，我們走在潘斯維克山丘上。行程才要開始，灰濛濛的天空裏就掉下了一滴小水珠。我知道這只是第一滴雨珠，接著還會有成串成串的雨絲接連到來。「該回頭嗎？」閃在腦海裏的一個短句，還沒等它說完，就提起腳步繼續往前走去。過了那一種想要極盡苛護秀髮的階段之後，就變得無畏風雨了。總是任憑狂風暴雨的擊打，仍然決心要挺直背脊迎接，那是一種心境，無所謂也是無所畏的心情。

仰望著天空，欣賞灰灰厚厚的雲層風湧。在起風的日子裏，烏雲移動迅速，變化萬千。真像是人生啊！每每遇到大風大雨時，也就是面臨變化的關頭。今天的行程充滿未知，可能會有風雨過後的和煦陽光，也可能是面對一場更加冷竣的風雨，而理所當然的繼續向前走，其實是因為我有一雙堅固舒適的走路鞋，穿著這樣的鞋子，可以走一整天的山路。我還有一件忠誠耐用的防風外套，有這樣的外套，面對風雨時仍然有著安全感覺。一路下來，風雨並沒有停止，但這也不會影響我的心情，當雙腳踩踏在滿山滿谷的柔軟落葉裏時，還是有一種難以言喻的滿足與豐富感受。我抬頭看著天空，看著樹葉即將落盡的樹林，將灰色天空剪裁的疏落有致，形成一幅標準的秋天即景。

今天的風雨雖然不停，但是比起兩年前的夏天在湖區露營的那一場風雨，顯然輕盈許多。那時，我們的露營區就在清澈且平靜如鏡面的兄弟湖畔旁邊，白天寧靜又詳和的綠意與美景，讓我們誤以為晚上必定也是平靜美好。然而當天晚上風雨極盡瘋狂的掃蕩，我們都以為帳蓬就要被風刮走了。我們幾乎一夜未眠，擔憂著處在低窪山谷中的我們，是否會伴隨著豐富的雨水連同帳蓬被沖刷到兄弟湖裏面。

我們在不安中度過漫長的黑夜。第二天一早，隔壁帳蓬裏來自曼徹斯特的老太太，她一看到我就說：「真是恐怖的一個晚上，不是嗎？這也就是湖區的山谷，總是那樣翠綠而美麗，湖區的湖水，總是那麼豐沛的原因。」她簡短的言語為這場狂風暴雨做了最美麗的註解。

因為當天即將離開，出發前往我們的下個目的地，蘇格蘭高地。我們不得不在從未停歇的狂風和暴雨當中完成拔營。那真是一場艱巨的任務，在暴風中所有物品隨大風狂飄起來，我們的動作需要快速準確，比如說要順著大風吹的方向折疊諾大的帳蓬。而大點大點的雨珠直打在頭上以及全身上下，十分疼痛。我們終於在風中雨中以及一片泥濘中以數倍的力氣完成任務。

而我，我是在那樣的景況下，突然豁然開朗起來。

日本紅蟻

自從在電視頻道上看了這一個關於日本紅蟻Japanese Red Bug的節目之後，一直想要寫一寫滯留在心中已有一段時日的感觸。

母蟻的天職是孕育以及撫養下一代。節目中鏡頭特寫一隻母蟻A正要外出覓食，她用尖細之觸角迅速試探著散滿地面的一粒一粒微小果實，直到找到一顆已經成熟柔軟到可以讓她的寶貝們食用，而且大小適中可以讓她抬得動的果粒，母蟻A就敏捷地駝著這顆果粒快速地往自己的蟻窩方向奔走。不幸地在路途上遇到另一隻外出覓食的母蟻B，一心也想要尋找食物餵養家中小蟻的母蟻B，看見了母蟻A身上的完美果粒立即過去搶奪。兩隻母蟻交戰一會，兇悍的母蟻B成功地搶下了果粒，趕緊抬回家餵養肌腸轆轆的紅蟻寶寶們。

母蟻A的家中，嗷嗷待哺的小蟻們等不到母親及時送來的食物，就只好跑到別人家的蟻窩裏，享受比較強壯的母蟻帶回來的食物。於是強壯如母蟻B者，家中的蟻寶寶變多了。戰勝的母蟻也因此要花數倍力氣外出覓食，以滿足家中人口逐漸龐大的小蟻們的食慾。母蟻B，最後終於過度勞累而死亡，她駝著最後一粒小果實，奄奄一息地倒在自家的蟻窩旁，然後死在成群小蟻們的面前。饑餓的小蟻們見狀趕緊過來分搶母親拖回來的這最後這一顆果粒，以及迅速地分解食用這死去的母蟻的身體。待享用一空，吃得乾乾淨淨之後，整窩紅蟻做鳥獸散去。生態學者介紹說，這時候就是日本紅蟻他們長大成蟻的時候，這時候也是他們必需開始獨立外出覓食的時候了。

節目中還介紹最初那隻戰敗且滿身傷痕的母蟻A，拖著羸弱的身體，緩慢地爬回自己家中的情景，她望著空空的蟻窩，慢慢地死去。

日本紅蟻短暫的生命，竟然如此完整地演出了人類的故事。

對於日本紅蟻而言，身處的環境其實是遍地的食物。大地豐富的資源顯然足夠供應她們的需求，但是母蟻之間卻要如此爭奪。只要多走幾步，這後來的母蟻自然就會看到滿山滿谷的果粒了。但是那時刻，她的眼睛卻只定睛在對方背著的食物，於是她們拚命打鬥，爭到妳死我活，僅僅為著這一顆小小果粒。

號稱萬物之靈的人類，與日本紅蟻的行徑，居然如此相似。大自然賞賜豐富，對於人類的需要不也是夠用的嗎？但是自有人類的記載以來，翻閱開來的盡是一篇篇的掠奪故事。

生態學家用攝影鏡頭放大了日本紅蟻的生態，歷史學家不也是用文字訴說了人類一再重覆的歷史。但是顯然的人類無法從這當中學習改進，所以戰爭從來沒有真正停止，野心侵略霸佔的情節也一再重演。

身為人類，我們很清楚的看到了紅蟻前面的遍地果實，而為著她們的拚命爭奪惋惜不已。身為人類自己呢？我們眼睛所看見的又是甚麼？拚命打鬥的為的又是甚麼？

另外關於戰敗的母蟻A，拖著殘敗的身子，緩慢爬回蟻窩時，原來我以為純粹是母蟻放心不下幼蟻的母愛表現。直到，我看到了那原本強壯的母蟻B，勞碌奔波到生命結束，死後的身軀被子女分食的情形，我才瞭解，原來這戰敗的母蟻，一心一意地要回到她的蟻窩，竟然是想用她最後剩餘的價值——自己殘破的身體，親自來餵養她的寶貝們，這樣她的一生才算完成。

這樣的生命，是不是很令人心酸動容？

愛上邊境牧羊犬

Oreo奧利歐是我們家的小犬，一隻邊境牧羊犬（Border Collie）。在開始計劃要養小狗之前，女兒們就已開始想名字，她們說如果是黑與白的狗就要叫他Oreo。Oreo的母親是一隻在英格蘭中部Bourton-on-the-Water附近的一家佔地五百公頃的農場辛勤工作的牧羊犬，她盡職地看管著兩百多隻羊群。

我們第一眼看見Oreo時，他剛滿七週，他用一對楚楚動人的明亮眼睛看著我們，讓我們心生愛憐，當下立刻知道他就是我們的Oreo了。第二天我們就把他帶回家裏來，當時他的母親在一旁發抖著讓我十分同情。農場主人說，她對於來訪的人們總是十分緊張，因為知道有人即將要把她的幼犬帶走，動物的母愛令人動容。我在心裏告訴他的母親，我們會給Oreo一個快樂舒適的家庭，請她放心。

Oreo今天剛滿四個月。上週剛結束為期六週的訓練課程。馴狗師馬克說，聰明活潑的Oreo是班上進步最多的學員，我們聽了真是與有榮焉。

自從有了Oreo之後，看到了邊境牧羊犬，就會很興奮。

邊境牧羊犬是一種忠心聰明且認真工作的犬，他們認真的程度甚至令人心疼。因為他們有一種不畏艱難也要完成任務的性格，所以很容易因為過度工作而傷害了自己。也許是這樣的性格與自己有些相似，我好像很理解他們。而且對於邊境牧羊犬認識越多就愛他們越多，難怪周圍有很多人都說，邊境牧羊犬是他們的最愛。

等待的茶花

住家前院有兩株茶花樹，各為鮮紅色與純白色的花種。開花的季節裏，紅色白色的鮮豔茶花搭配著她們獨特的綠油油葉片，在寒風抖擻中更顯嬌媚，不經意地在冰冰冷冷的空氣裏散發出一種帶著堅毅的美麗氣質。茶花是屬於冬天的花卉，她們的花期一般是在冬季的末尾或者晚一些就是在初春之際。如今因為季節失序，她們的花期也跟著錯亂。

去年十月，正當天氣突然轉涼的時候，一顆顆豐滿的花苞急急忙忙地提早伸探出頭來。接著天氣多變，在時冷時熱的溫度裏，這兩株茶花樹顯然被搞糊塗了，她們迷失在頑皮且捉摸不定的氣溫中，找不到合適的開花氣候，斗大的花苞們索性無所事事地僵站在那裏。面對天氣大敵，耐寒的茶花也是束手無策，花朵兒無法順利開放出來，卻也無法躲回枝梗裏去，於是顯露出一種進退兩難的窘態。

這幾個月下來，她們只好一直維持那樣的一種姿勢，一種苦苦等待的模樣。

每一場花開花謝都不是偶然，都是經過多樣的因素來促成。看著久久以來開花未成的茶花，內心真是充滿感慨。

前幾天我們這裏下了一場大雪，我窺見了這些埋在雪花碎片底下的豐滿花苞，她們仍然是神采奕奕地等候著。不知道她們今年是否能夠勇敢地熬過嚴寒的冬季，而且幸運地躲過烈陽照曬，順利地綻放出燦爛的花朵來。

走狗

過去曾經有好長的一段時間裏，女兒們經常吵著要養小狗。

基於種種的考量我們並未答應，而她們也想盡辦法，甚至做出各種的承諾就是要說服我們。比如她們曾說：「如果養狗了，我們一定會好好走狗。」她們的中文字彙有限將Walking Dog直譯為走狗。

因為女兒們不放棄的精神，我們終於在去年妥協同意。如今我們的Oreo滿六個月了，轉眼間已經從不甚懂事的幼犬長大成一隻英挺又聰明的小狗了。

告別冬日的冷冽空氣之後，此刻天氣轉暖和，放眼望去四處盡是充滿新綠顏色，搭配色彩豐富的花朵綻放，春天真是美麗的季節。在這樣的時候，帶著狗兒散步在翠綠的樹林間，心中總是充滿無限的平靜與喜悅。我想，其實就是因為曾經歷過在冰天雪地裏溜狗的經驗，才會格外珍惜眼前這樣的春光明媚。

我們的人生不也是如此，總是經過許多的磨難與艱辛之後，於是心境越來越豁達，越來越懂得感恩與珍惜。

進入六月

時光千變萬化，化身四輪轉動的大車子，一下子駛進了六月的大馬路上。壓平了春天的嫩綠色彩，碾成了蓊蓊鬱鬱的一座大森林。春天的花朵只得躲進了記憶的標本裏，讓人們一片片地夾在書頁裏玩味著。

時光，他又像是一隻饑餓的大禿鷹，目光銳利地定睛在六月這個柔弱獵物的身上，伺機捕獵後，即將一口一口地吞噬掉。

我們數算時光，任憑時光在我們的身心掠過。而你我置身在時光當中，逐漸成熟，無意間已經成為時光的共犯之一。

晨光稀微

羅賓漢森林公園的路程適合一天之始，算是忙碌生活起跑前所做的一次飽滿又深切的深呼吸。

約清晨四點半我們走進這座由綠氤鋪蓋鳥鳴圍繞的森林公園，此時吸入全身體內的空氣格外清新，令人不經意的想要把她貯藏保鮮，也就忍不住的大吸幾口氣。看不見的空氣也有她的脾氣，清晨所把持的是經過一整個夜晚冷靜沉澱後的恬然氣質。

我們總是在五點左右氣喘吁吁的爬上山頂，這時恰好趕上太陽從地平線上方升起的那一剎那。我們稍作休息後，就往回程走下去。上山時雖然腳步比較沉重與疲憊，但下坡時更要小心地踩穩步履，此時不管心情或腳力都顯得輕鬆許多，但是卻也是最容易失足滑跌的時候。偶爾看見陡峭處，有人滑跤過後留下來的那一道拖得長長痕跡的角度看來，應該是下坡時所發生的意外。

有人說步行可以激發許多的思考，所以自古以來的哲學家們，都喜歡在散步當中邊走路邊交談互相激發出令人深思且頗有智慧的論點。若是如此，爬山給予人類大腦的刺激，豈非更為深遠。許多關於人生的比喻都是與爬山有所關聯。

關於上山下山，總有說不盡的故事。

虛實之間

窗戶是多麼可愛的發明。

空間的另類征服，光線的引導，氣流的更替，視覺的擴展，窗戶是人類智慧的出口。房子裏若缺少了窗戶，該是多麼的乏味沉悶。當人們享受窗口視野延伸之際，偏偏有一些遨翔天邊的飛鳥，望及這些窗光反影，卻誤以為是另外一片更美的天空，硬是飛撞上來。

最初不明白，那樣的砰然巨響來自何處。趕緊循著聲音方向尋覓，直到望見了透明玻璃留下來的灰霧形狀才知曉，大片的窗子上有展開雙翼飛翔的英姿，也有鳥兒側身斜撞的痕跡。這些鳥兒義無反顧的向前衝飛，力道必定不小，才會在門窗玻璃浮貼上這樣清楚可見的鳥軀形影。真是不小心啊，我感嘆著。無知的鳥兒，展翅盤旋時無視於海闊天空的自由美好，偏偏誤入歧途往相反方向的虛幻影像飛撞，輕者瘀青頭昏，重者頭破血流，代價可謂不輕。

莫怪鳥兒的迷糊或粗心大意，在一個晴朗的冬日午后，我站立在前院花園，抬頭望向房子裏一格一格的窗戶，窗扇裏沉靜的映照著碧藍天色，加上幾抹雲影，美麗清晰程度衍然就是一幅一幅的絕美天空風景畫。如此曼妙的景致令我十分著迷，佇足仰望久久，難怪鳥兒要朝著這些窗戶飛過去啊。

虛幻誘人的表象，卻是危險的入口，致命的圈套，人類的世界不也是如此？
虛實之間，真假難辨，有些人非要聽到砰然巨響才會清醒。

荷馬

荷馬年紀雖長，行動仍然很敏捷。

荷馬幾乎每天都會出現在我們家的花園當中。他以緩慢的腳步，高傲的姿態，銳利的目光，環視四週，隨時尋找可吞噬的野物美食。

荷馬是鄰居的貓。他的主人是位寫劇本的英國女作家，所以才以盲詩人之名為名！雖然有著詩人之名，但是荷馬畢竟屬於貓科，生性好鬥且勇猛，經常看見他獵捕一些小動物，如小野兔、小松鼠、小鳥之類的。而好大喜功的荷馬，在每回成功的捕獵之後，喜歡展示他的戰利品。他總愛在食指大啖之前，習慣性的把可憐無助的小動物帶到人們的面前或展示或玩弄一番，頑皮又殘暴之性情可見一斑。有一次他把咬在口中的小鳥，在我面前一會兒拋擲在空中，一會兒啣接住的表演著。我急忙喊叫，想要救鳥兒一命卻也來不急，他一溜煙地又跑掉了。

有時走在花園裏，看到草地上幾片飛鳥的羽毛，一撮兔子散落的毛髮時，就可以想見剛剛必定是上演了一場活生生的廝殺鏡頭。美麗迷人的花園，其實是一座生命的競技場，跟人類的生態圈一模一樣的啊！

荷馬足智多謀，獵物行動時有所獲，我曾經目睹他授獵的全部過程，不得不佩服他的智慧與冷靜。有一日，荷馬如常的拖著他修長多肉的身軀，優雅的遊走在我們的花園裏，用他那對神秘的深褐色眼珠子找到目標了，那是一隻年輕的小兔子。老謀深算的荷馬看到了這一隻涉世未深的小兔時，並沒有立即衝上前去。他靜靜的不動聲色的繞過樹林與籬笆，抵達到一處最有利的地點時，再縱身一跳，給予致命的一擊。

我也親眼看過荷馬與小松鼠的一場生命的追逐。那一次，小松鼠迅速的爬上樹稍，逃過了一劫。小松鼠驚慌的站在樹稍上一動也不動的，嘴巴還大大的張開著，而荷馬極盡兇惡的在樹下大聲嚷著，形成一幅對峙的場面，真是生死一瞬間啊！獵捕行動失利的荷馬在樹下挫敗又兇猛的嘶吼著，來回徘徊幾趟之後才無功返去。

Money和Barney是我們家裏養的兩隻天竺鼠。純白色的Money個性活潑好動，而黑白相間的Barney比較內向害羞。在不錯的天候裏，我喜歡放他們在圈妥的草地上奔跑，看著他們在草地上自由自在的奔跑，時而玩耍時而低頭享受新鮮綠草香時，我也感染到他們愉悅的心情。天竺鼠個性溫和，放他們在戶外玩耍，荷馬當然就是我們的一大威脅了。去年的夏天，Money和Barney才剛來沒多久的時候，讓他們在戶外草地上玩耍時，不小心讓他們給跑掉了。我們費盡功夫，以胡蘿蔔引誘，學他們的叫聲，溫柔的呼喚著他們的名字，使盡各種把戲，怎麼也追不回他們。天竺鼠雖然個性溫和，身手卻也快速，我們真是拿他們沒辦法了。女兒們失望的問說：「是不是外面的食物比較好吃，他們才不願意回來？一定是外面比較好玩，所以他們寧可在外頭玩。」我心裏很清楚明白的一點是，最迷人的應該是自由吧！我是將心比心啦，不對，應該是將人心比鼠心才對。

後來費了一番功夫終於抓回了Money，但是折騰到晚上天色全黑了仍然無法找回Barney。我們一整個晚上都在擔心他的安危，因為在我們的花園裏，不僅有聰明冷靜的荷馬，還有其他不知名的貓兒出出入入，算是危機四伏。另外夜晚還有狐狸出沒，他們都是屬於喜愛肉食的動物，溫和膽小的Barney一定不是他們的對手，看來是兇多吉少了。第二天一早約五點，天才剛亮不久，我帶著忐忑不安的心去尋找Barney。遍尋不到，心中猜想他也許已經成為貓或狐狸的晚餐了。後來終於讓女兒在矮樹叢裏看見了，他仍然不肯跟我們回家。於是追追跑跑的跟他玩一個早上的捉迷藏，還是被他逃脫，我們十分疲累決定先進屋休息。

忽然間，我們擔心的事情發生了，荷馬出現了。一向機靈的荷馬很快地就看到Barney了，那是一個千載難逢的好機會，他以矯建的身手撲向弱小的Barney，我們一邊大聲喊叫一邊快跑出去阻止他，同時也在矮樹叢下看到了發抖的Barney。飽受大驚嚇的他，終於溫馴的讓我們抱起來，平安的帶回家中結束了一天一夜的花園冒險記。

另外，是今年四月份一個陽光普照的日子。中午時間，我們趕緊把在家中蟄伏一個冬天的Money以及Barney帶出去草地上跑步玩耍曬太陽。同時也提高警覺的觀望著，以防荷馬出現來襲。平靜的過了幾個小時後，突然，荷馬出現了。我們趕緊出去趕走荷馬。就在這時候我們發現Barney正流著鼻血，原來是正中午的陽光熱氣引起。我們趕緊帶著Money以及Barney進屋裏休息，兩天之後Barney才恢復了平日的活潑與生氣。

後來查閱相關資料說，天竺鼠怕熱，在這樣的情況下，若不迅速帶到陰涼處，會一直流鼻血致死。我們所幸及時發現，及時帶回屋內，也因此救了Barney一命。對於我們的天竺鼠而言，荷馬顯然是一個危險的敵人，但是在這兩次危機中，荷馬卻間接的救了Barney的性命。

我們人類常常說危機就是轉機，原來貓鼠的世界也是如此。

科隆的天空

到過德國科隆的人，一定忍不住要發聲讚嘆科隆大教堂的宏偉壯觀。而走上科隆大教堂鐘樓的人，一定也忘不了這趟狹窄漫長彷彿無止境的登高之旅。

一百公尺的高度，五百零九級階梯。

在窄小的圓形階梯裏拾級而上時，是一場無止盡的旋轉再旋轉。若有迎面擦身而過的人，我們必須停下讓對方先走。在沒有窗戶的密閉空間裏，空氣並不流通，於是我們汗珠如雨下，呼吸著滯留許久的空氣，忍住撲鼻而來的汗酸氣味，努力向上攀爬。一路還不忘抓緊手扶欄杆，稍微濕濕黏黏的欄杆上，透露著所有遊客的艱辛與決心。往上爬的人，每一個人都是氣喘吁吁，還有人忍不住問走下來的人，究竟還有多久呢？

這趟登高之旅最驚險的部分是即將到達終點時的那一段鏤空的鐵梯。走在這樣的階梯上，你可以看到腳下風光，多恐怖啊，若摔下去……無限想像中，一向懼高的我，立刻雙腳發抖，舉步維艱。一度以為走不上去了，我想我幾乎要昏倒了，但是又想在這樣的高度若真的昏倒，怎樣救援呢？我深呼吸一下，提醒自己，不要專注在腳下的嚇人風光。相反的，我必須看著上方的風景。我於是仰臉望向天空，當時科隆的天空是一片湛藍，有幾朵白雲點綴著，我就這樣平安的克服恐懼，登上了科隆大教堂鐘樓的最高處。在一百公尺的高度，欣賞科隆這座位於萊茵河畔的城市風光。

那一天，是科隆的天空讓我克服了對於高度的恐懼。

啟程與回程

羅賓森林公園的路程，從出發然後登上山頂再往回走的腳程，正好是一小時左右，很適合活潑好動的Oreo，Oreo是我們家的邊境牧羊犬。喜歡帶著黑白顏色相間的Oreo走在這座綠油油的鄉村公園裏，這樣的顏色搭配極好看。我們看著Oreo搖著尾巴，快樂的來回奔跑在山徑中，跑遠了還會不時的回頭張望主人等著我們跟上，看到他忠心又善解人意的模樣，心裏就溢著一種無法形容的滿足。

遛狗的途徑，有幾個選項，一旦選擇了羅賓森林公園，就抱持著走上山頂的決心。今天傍晚與女兒一起帶著狗兒走這座鄉村公園，因為天色漸漸灰暗，氣候也不佳，足足醞釀著要下起大雨的飽滿氣勢，於是就在距離要爬上山頂的那段大斜坡不遠之前，女兒停下來說：「媽媽，我們回去了好不好？」

我說：「太可惜了吧，就快到山頂了啊，我們趕快走上去吧。」

女兒說：「可是萬一下雨，下坡時地面濕濕滑滑的很可怕。」

我想了想，同意在此停下來轉身踏上回程路途。

就在這個時候，我想到了我們的老朋友柏金斯夫婦的大兒子Andy。Andy住在法國南部是一位高山嚮導，他的工作充滿超級高的挑戰與危險，死亡常常近在咫尺。

Andy從小品學兼優，並且擁有機械方面的博士學位。

有一次聊天中問起這對老夫婦：「當你們知道兒子一直往這個高挑戰性又高危險性的高山嚮導方向發展時，你們有無試著說服或鼓勵他轉移到其他的方向去？」他們說：「他們從未想到要阻止，只有鼓勵他既然選擇這條路就要讓自己成為一位專業的嚮導。」

Andy常常需要在險峻的高海拔巔峰上，在短時間內做出正確的決定，有時會跟其他的登山隊員們意見相左。比如說有一次在攀登某座世界級高峰時，就在攻頂前一百多公尺處停下來，他評估大家的體力以及當時的天候認為已經不適合再向前攀爬。

這時候有許多反對聲浪出來，他們說只有一百公尺就到了山頂，而且只要再兩天的行程，現在放棄未免太可惜。但是Andy告訴大家，雖然大家也許有足夠體力爬上山頂，但是恐怕會沒有體力以及足夠的判斷力走下山來。所謂成功的爬山旅程是，你帶著完好的雙手雙腳走回來。

後來全隊的人安全返回，雖然有些人會覺得沒有登上山頂很可惜，但是Andy仍然覺得安全回來就是最重要的，很多的意外事件都是發生在登上山頂之後，回程下山之際。

人生旅途如果正如登山的過程，攀上高峰之前，該不該思考是否有能力走下來？並且走下山時是否仍有體力欣賞沿途風光？以及該選擇如何的高度與險度的山峰去攀爬？

羅賓森林公園是一座我們家附近的小山，當然不能與眾多的世界級高峰相比，但是她的距離與高度適合我。

結

我們的鄰居珍，總是散發出一種令人舒服，慈祥，溫暖的氣質。與她相處時，會讓我想到「如沐春風」這句話。七十幾歲的一位老人家，仍然保有一顆年輕活潑的心。所以當她看到我們花園裏有一座小朋友玩的彈力跳板時，她立刻就跑上去跳阿跳的，而且她最近還大膽到坐上熱氣球去慶生。他們的家後面有一個令人驚豔的大花園並擁有很豐富的園藝經驗，我們經常向他們請益。

有一年春天我們想要清理花園裏過度擁擠的蓮花池塘。怎樣開始呢？如何處理一株株成長於汙泥裏的蓮花呢？

「打電話問珍。」老公建議。

珍在電話中詳細指導之後，掛電話之前補充了一句：「我明早十點過去看看。」

隔天早上，珍如約抵達。她居然帶著水桶，鏟子等工具，還穿著長筒雨靴來。一走到池子，她就開始捲起袖子，動手幫忙清理了。不算很大的一座池塘，我們花了半天的時間清理完畢。臨走前，她還問說：「池子裏需不需要金魚？有位朋友正好有金魚要送人。」

過幾天她就拎著幾尾金魚過來了。

又有一次，是花園裏蘋果及李子豐收的季節。閒聊時提及我們想要開始釀酒，順便請教她一些釀酒常識。當天傍晚，她抱著一大箱釀酒用的瓶瓶罐罐，以及一本釀酒的書過來。

珍的生活哲學裏，沒有高深的理論，就是一股熱誠以及行動力。

當我們一起散步在我們的花園當中，邊聊天之際，她看見了途中的雜草，總也要彎下腰去拔除，一刻也閒不下來的樣子，一覽無遺。

珍的丈夫羅伯特也是一位奇特之人，飽讀詩書的一位老人家。他的書房藏書超過萬冊，儼然就是一個小型圖書館。他自己製作書目錄，有一套自己的系統。有模有樣的管理起所有的書籍及唱片來，分門別類清楚，方便他搜尋。若非成長於貧窮家庭，無法讓喜歡學習又上進的羅伯特繼續念書升學。否則，他很可能會是一位善於研究的老學者。羅伯特十六歲就離開學校，出去工作，幫助寡居的母親賺錢養家。

每一個人的人生，果真就像一本書一樣的，值得細細翻閱。關於他們夫妻倆的傳奇故事，留待日後再詳述。

有一天，也是跟珍閒聊時提及，我們移植的繡球花未能成功存活。過一陣子，珍送來兩盆插枝成功的繡球花，她細心的解說著：

「要從花枝上長出結的分處剪下。插枝之後需要勤於澆水，這是需要大量水份的花種。」

那一天以後，關於「結」的意義，一直停留在我的心裏。在我們的生命裏是不是也有一些

「結」？因為這個「結」，你卡在那裏，動彈不得。因為這個「結」，你的人生顯得不是很順暢。因為這個「結」，原本平滑的表面，起了皺摺。因為這個「結」，原本疾速行走的你，停頓了下來。

但是這個「結」，卻也是另一株生命的開端。

我開始回顧，走過的歲月裏，生命當中的每一個「結」，每一處傷口，每一道疤痕。居然就像被剪下的枝子上，蹦跳出來的淺綠色嫩芽一樣。啊！那是一個新生的初始。

每一個「結」，隱藏著一種觸動。每一個「結」，象徵著我生命成長更新的一個一個的據點。而這些成長，正因為生命之主，賞賜了生命活水，而得以存活下來。

想像一種動物

很小的時候，就開始重複做著飛翔的夢。

在夢裏，我像一隻小鳥兒似的到處飛，到處跳躍著。不記得是從幾歲開始，就是這樣的夢伴隨著我一路成長。而隨著年歲增長，飛翔的路徑與高度也不同。學齡前的我，常常是飛在老家的屋頂上，那裏有木樑及柱條，還有一些蜘蛛網。有時會飛到屋脊上，高又尖的屋脊，是年幼的我，在夢境中認定最險惡之處。也曾飛到屋後山坡的果樹上，還在樹叢裏迷路過。上學之後，就開始盤旋在學校的操場天空中，教室的天花板上，大禮堂的頂端角落間。有時還會飛到電線桿上，在那裏也是時飛時跳的。長大之後，飛得更高更遠了。常常是在海洋之上，在高山峻嶺之間。雖然童年的果樹，山坡，屋脊有時也會回到飛翔的夢境當中。但是更常見的是，徬徨的飛翔在一些遼闊的海面之上，不知名的山巔群峰之間。

小鳥，一直是自己從小開始就非常喜愛的動物。

我常常在想，是不是因為喜愛小鳥才會出現如此的重複夢境？還是因為有這樣的夢境，自己才會那麼喜歡小鳥？是不是在潛意識裏，我已經把自己想像是一隻飛翔的小鳥。

最近，我開始想像自己是一隻螞蟻。住在廚房牆下的一個小小角落裏。享受著從不缺乏的一些食物，隨著季節替換也會有所改變。小時候，我的活動範圍就在櫥櫃當中，我爬走在各式的餐盤裏，引以為樂。但是隨著歲月增長，我逐漸擴大觸角，走出櫥子。我發現了洗手槽的水，瓦斯爐上的火，窗戶旁的微風，收音機裏的音樂，人們踩踏的腳步，我驚訝於這個世界的多樣繁華。

有一天無意的，我跨出了廚房的門檻。循著走道，踩進了客廳。我見識到沙發的柔軟，電視的聲與光，厚實的地毯。再次驚訝於世界之大。我好奇的探索一樓的每一個空間。原來還有餐廳，書房，洗衣間，掛衣間，廁所，迴廊。我慶幸自己有機會大開眼界。我爬呀爬的，爬遍了這個樓層的每一個角落。有一天，也是無意間，我發現了一座梯子。我循著階梯，一步一步爬上去，發現了樓上的空間。我認真仔細的爬過這個樓層的每一個空間。心裏想，啊！總算認識了這一個完整的世界。

直到有一天，遇到了隔壁的一隻螞蟻鄰居。他帶我參觀了他的空間，我才知道原來還有一個這樣的世界。鄰居說，隔壁還有更大的，還有再再隔壁的，以及再再再隔壁的。這些訊息，大大感動著我。我這隻小螞蟻，雖然未曾見識整個村莊，也未曾拜訪鄰近城市，或是其他國家，卻也開始想像世界之浩瀚，而我是如此渺小。

最近太空學家發現了新的黑洞，距離地球約兩萬六千光年之遠。我開始想像自己是一道光，快速奔跑一分鐘後的距離會到那裏去？一小時後呢？二十四小時後呢？一週之後？一個月之後會到那裏去呢？以光的速度，日以繼夜，馬不停蹄的奔跑一年的距離有多遠？何況是兩萬六千年。路程是我難以想像的遙遠，那是我的大腦無法理解的距離。就像那一隻螞蟻一樣，對於一個又一個的房間，每一個爬過去再爬過去的空間，對螞蟻而言，那是沒有盡頭的。

想到這裏，我的內心升起一股對於造物之主的敬畏，同時也產生一種很深的感動，這樣的感動，讓我找不到任何人的話語足以來形容。好像那一道光，奔跑了兩萬六千年之後，那種沒有盡頭，訴說不盡的感覺。

派翠克的船

彈煙飛溶溶，林月低向後。
生事且瀰漫，願為持甘叟。

派翠克夫婦來自英格蘭北部的鄉村小鎮。他們的退休生活，過得就像盛唐田園詩人，綦毋潛筆下「春泛若耶溪」描寫的景象。

夏天的時候，派翠克邀請我們去他的船上作客。那是一次令人難忘的經驗，也是一次十分愉快的行船之旅。但是回來之後，一顆心好像還是在船上一樣的搖蕩不止。

派翠克的船是遊河的窄船，一艘緩慢行駛的船，最快時速不超過四英里。從這個小鎮到伯明翰，開車約四十分鐘的車程。但以這艘船的速度，需耗時一星期才會抵達。在現代總是急忙的社會裏，甚麼樣的人家會愛上這樣的緩慢遊船生活呢？應該就是像派翠克夫婦這樣對待時間優雅又從容的人吧！或者是時間對待他們也是如此的人。

在這一趟行程中，沿途風光清麗。有水鳥棲息，有風吹過柳樹時傳來的徐徐聲響，有潺潺的流水帶給人一種很乾淨的聲音。這種種景象，竟像一條條的細線般，牽動著我的記憶。這時候童年家鄉的一條河流，不斷的湧流出來，在心裏，同時也在血液裏，澎湃流著。從前，那條河還具有生命力，時時充滿朝氣。就像此刻我們遊船的這條河流一樣的活潑，而且令人愉悅。但如今，這條河流已經完全改變。代替的竟是一條不見生命力的河溝，河床乾涸見底，一道道裂開的黃土，如同年老母親臉上的深溝皺紋。河川一旦被過度使用，就像無止盡的母愛任憑子女支取，甚至揮霍。就像我所認識的台灣母親們，仔細追究他們生活的細部時，釐出來的紋理居然如此相似，都是無奈的處於有形或無形的被榨取的地位。這是甚麼樣的社會啊，形成這樣一條條生病的河流，以及一個個被榨取同時也心甘情願的被深度挖崛，直到全然枯乾的一羣老母親？

相形之下，西方社會的母親似乎不像我們家鄉的母親那樣的沉重。這也是我在遊河之後心情久久無法輕鬆的理由。那種心情就像我讀陳秀喜女士的詩〈覆葉〉之後那種欲哭的心境。

繫棲在細枝上
沒有武裝的一葉
沒有防備的
全曝於昆蟲飢餓的侵蝕
任狂風摧殘
也無視於自己的萎弱

緊抓住細枝的一點
成為翠簾遮住炎陽
成為屋頂抵擋風雨
倘若生命是一株樹
不是為著伸向天庭
只為了脆弱的嫩葉快快茁長

把燈熄了

我想，沒有人是喜歡黑暗的。我也一樣。

但是自從搬到這個位於山坡上的房子之後，開始喜歡黑的意境。夜晚，只有在室內漆黑時，才可清楚望見遠方的萬家燈火，以及夜空中的星光點點。這時，每一扇窗戶，都像是一幅畫，有鑲著鑽石般的曼妙夜景。常常捨不得拉上窗簾。

同時，也喜歡在天未亮之前起床。第一件事就是拉開窗廉，觀看遠方的稀微亮光，當時或薄霧瀰漫，或清新澄澈，或煙雨迷濛，或狂風暴雨。總之，從窗戶的角度望去，都是極美好的。這些景色只有從黑暗的室內，也就是把屋裏燈光熄掉時，才得以望見清楚。當你置身在燈火通明處，反而看不清遠方的這些美麗景緻。

我安靜的沉思這番景象。好像人心。

人心如果只想到自己，你將看不見旁人的需要。如果只是大張旗鼓的照耀自己，很可能就會忽略他人。在這個凡事強調亮光的世代，說起沉浸黑暗好像是很負面的一件事。但是就像是習慣於鎂光燈或者是掌聲中的人們，容易迷失自我；又好像一個習慣高談闊論的人，往往很難安靜聆聽別人一樣。有時候，真的可以試著把燈熄了，靜靜觀看遠方的美景。

你將發現，你的心會到達某處意想不到的寬闊之地。

花園的花

寬廣的花園裏，有各式各類的花草忙碌地按著季節盡情綻放，但並不是每一朵花都是開的嬌豔大方亭亭玉立。我在欣賞這些花草時，最令我感動的常常是那些先天條件不足但為尋求陽光以致根莖扭曲變形，最後甚至整株花枝橫躺在地，然而最終仍然綻放出美麗花朵的這一些花。這樣的努力以及永不放棄的精神總是讓我感動許久。這樣的花兒有些是位在偏遠的角落缺乏陽光照耀，有的是在地勢不平的坎坷土地上，比起其他開的筆直亮麗的花朵，她們顯然不是那麼幸運。但是最吸引我目光，同時也讓我感觸最深刻的總是這樣的花。

這樣的景緻讓我想到我周圍的人們，每一個人在世界中都佔有一個位置，就像園子裏的這些花朵們，大家各自綻放，各自凋零。雖然同處在一座花園中，其實每朵花都很獨特，也都很孤單。

雪莉正是其中一朵令我感動的花。

認識雪莉是因為送給她一台舊鋼琴。看雪莉的外表你很難猜出她的年齡。不算年輕的臉龐搭配小學生低年級的身高，約一百三十公分左右。她的身軀瘦弱，走路時弱不經風。第一次看到她時，我的腦海裏閃現的是鉛筆，一枝即將用盡的鉛筆。

當時，聽她用纖纖細手指彈著鋼琴，彈出美妙的音樂時，讓我有一種說不出來的感動。琴音裏悲淒中參雜著喜悅與寧靜，我很久沒有聽到這樣讓我想掉下眼淚的音符了。我到現在還沒釐清究竟是她的琴音讓我感動，還是她的微弱手指的顫動讓我震憾。

後來我才得知，雪莉長久以來脊椎骨有嚴重的問題，需要靠著背部裏面放置的支架才能行走。她的健康情況一直很糟糕，身體的病痛從未離開過她。離婚約五年，現在獨居。過去二十年的婚姻生活，遭前夫暴力相待。她有一段極為不堪的過去。

她對於我送給她的鋼琴很感謝。鋼琴抵達她家裏的當天，她很興奮的說，這是她第一次擁有鋼琴，她真的好高興。她說擁有自己的一台鋼琴，是她從小的夢想，萬萬沒想到今天夢想真的實現了，她內心有說不出的喜悅，說不完的感謝。

雪莉好像是花園裏一朵長在陰暗角落，沒有陽光，看起來營養不良的花朵。

令人欣喜的是，她，總是竭力的挺胸昂首走向陽光照耀之處。

步履蹣跚顫抖地。

平衡

有一天在英國小鎮的旅行社詢問資料時，被鄰桌一位女士很宏亮的聲音吸引住。她的聲音很大聲，很響亮也很特別。我忍不住留意她，於是我注意到她是坐在輪椅上的殘障人士。不知是不是巧合？我認識的人當中有一些行動不便者，他們有著相同的特色，他們都有宏亮的聲音。

我覺得這是造物主的恩典，祂在軟弱者的身上，剛強其他部份。

女兒唸小學時，有一天放學時告訴我：「媽媽，你知道嗎，為什麼兔子有長長的耳朵，但是狐狸沒有？」

她繼續說：「因為兔子需要有敏銳的耳朵幫助他逃離敵人的侵襲，但是狐狸比較不需要。」

我覺得這是一種自然界的平衡，這個世界上充滿各種關於平衡的例子。

比如說我的「方向感」，現實生活中我是一個欠缺方向感的人。或者可以說我是一個沒有方向感的人。同樣的路，我可能會走過一百次之後仍迷路。或者是一條平日熟悉的路，我只是用不同的角度看過去，我就糊塗了。我就不認得這裏是哪裏了。經常在逛街時，從某間店面走出來，我就東西南北搞不清楚，走錯方向。還有更離譜的是，在空間大一點的餐廳用餐，去完廁所之後，就找不到和友人一起用餐的位置。我也經常迷失在停車場裏找車子。

雖然，我身體的方向感很差。但是，我心靈的方向感卻很敏銳。大約是今年五月初，我的心突然對一位久未聯絡的朋友產生一股沉重負擔，我不知道她的近況如何？但是我開始為她禱告。一段時間之後，有一天接到她從台灣打電話給我，她告訴我她在五月初時健康情況極差，動了重大手術，心情低落。那是我心靈的方向感讓我感受到朋友的重擔及痛苦。

我有很多類似的經驗，這只是其中之一。雖然身體的方向感很弱，但是心靈的方向感卻敏銳。這是一種平衡，認識這種「平衡」，會讓人心胸豁達。因為這其中存在著豐富的恩典。

寫於英格蘭東岸的海邊

一月裏的一個晴朗日子，我來到這個安靜的英國東岸的海邊小鎮Cromer。在這個寒冷的海邊，我站在冷冽的風中，心情原本是很低落的。事業進入第十五年了，我的內心有著說不出的疲倦。我看著浪花拍打著岸邊，看著潮來潮往，好像人來人往般。又好像是庸碌的人群，四處奔走，日復一日，終日忙碌，以及終年甚至終生勞碌。此刻海浪的忙碌及呼嘯象徵著一種永不止息的忙，海浪跟人群竟然如此相似。

我再看到遠方的海洋是如此平靜。絲毫不受海水一波一波的來來去去，而有所影響，反而是以一種穩健的姿態注視前方。這樣尋常的景象卻打動我的心裏深處。經營事業多年面臨人員的去留與替換，以及市場變化無窮起起落落。我思索是否還要再繼續重複這樣的生活？心中竟然是百般的不願意。

大自然總是悄悄的傳遞著訊息給我。英國海邊的浪濤聲讓我聯想到我的家鄉。在台灣的海，此刻是不是也揚起類似的音調一波一波的呼嘯著呢？那些忙碌的浪花不也是日以繼夜的拍打著岸邊？這些我在年輕時就喜愛的海浪，其實是從古至今存在啊。相形之下，我這些年的歲月和辛苦又算甚麼呢？和大自然相比人畢竟是極渺小的，大自然的耐心和毅力讓我折服不已。海浪可曾抱怨工作的繁重及重覆？他是日日夜夜的奔跑著。我是不是太看重自己的辛勞？

我相信這是上帝的恩典，藉著海洋的各樣姿態釋放訊息給我。讓心情原本沉重的我，此時看到的汪洋大海，竟如一位慈祥的母親，為著她心愛的小孩們，鋪陳開來一床床天藍色的，暖暖的大棉被，讓小孩們安穩的歇息。此時我看到的是海的包容與慈愛。

造物主，藉著祂所創造的海洋，悄悄的給我上了一堂課。

空氣仍是冰冷的，我的心卻很溫暖。在一月裏，英國的海邊。

關於蘆薈的記憶

記憶沒有有效期限。你無法設定在一定的日期內，遺忘某事。一件塵封已久的往事，可能因為一曲熟悉的旋律，一個似曾相識的臉孔，甚至某種氣味而再度鮮明。記憶是一位不速之客，他不需要你的邀請函也不需跟你事先預約。

喜歡感受綠意，於是在室內放置一些盆栽，其中有一株是蘆薈。今天看著這盆蘆薈的成長，憶起自己在青少年階段的一段往事。在課業繁重的國中時期，記憶中好像沒有享受過學習的樂趣。只記得每天背著沉重的書包，提著一顆擔憂的心上下學。擔心考試成績不好會被打，日子和心情同樣沉重，如同肩上背的大書包。

國中一年級下學期的時候，一個偶然的機緣裏，我開始在住家外面的土地上栽種蘆薈。從一小株開始不斷的繁衍，很快的我擁有了一小片園地的蘆薈。每天澆水看著蘆薈的成長，讓我學習到書本以外的功課。

我的青少年時期安靜平順，從未給父母及家人惹麻煩。外表看來似乎乖巧，但內心極為灰色。我從小看到的世界總是灰暗負面，是一個憂傷沒有希望的世界。比如說隔壁班一個男生的姐姐，在小學畢業前夕車禍死亡。我就一直想著，我是不是也會在小學畢業前夕車禍死亡？我曾經在日記本上寫著：「Waiting for nothing !」當時，我的世界總是消極負面的。

當年，十三歲左右的我，看到了生氣盎然的蘆薈，它們的生命力鼓舞了我。

於是，我在日記本上寫下：

「蘆薈旺盛的生命力，似乎提醒了我，需要更積極的看待人生。」

事隔多年，這段塵封的記憶，藉著在英國超級市場裏買來的這株盆栽再度鮮明起來。今天，很多人在討論植物療法。多年以前，年少的我，經由蘆薈得來的鼓舞是不是也算是一種植物療法？

土地

經過這段時間的親近土地，觀察土地之後，我漸漸深刻的認識土地的豐富與慈悲。對於土地，你不需付出太多，卻可以獲得許多。好像慈母一般。

從今年四月開始，復活節過後，我就開始觀察花園裏的蘋果樹，她從稚嫩的花苞到花朵綻放。從花開到花落，然後再從稚嫩的幼果，到現在的壯碩果實。這期間的變化，我發現人其實不需要做太多事情，也無法干預大自然的季節運作。而是時候到了，果實自然就成熟了。在這當中，造物主擔當了大部份的職責，祂負責供應的陽光，空氣，水以及土壤才是蘋果樹最主要的生存條件。我們能做的除草，修剪或者施肥等工作，只能算是打雜的工作。蘋果樹若欠缺我們這些打雜的小工作，依然能夠成長茁壯。但是若欠缺了造物主的主要供應，就不能生存了。

我從這樣的觀察中，學到了一種很深的釋放。在我們的生命中不也是如此？

造物主負責我們生命的主要供應，祂的豐富預備夠我們用。我們自己為生活中所努力作的，其實好像是一些打雜的工作。我並不是看輕這些打雜的工作，正如《聖經》中也不斷的教導我們，要成為忠心的僕人看守葡萄園。我想要說的是，我們生命中不可欠缺的是，認識這位豐盛的造物主。我們的生命應該是安心的，全心倚靠這位造物主的供應。有了這個看見之後，我的生活有很大的轉變，我心中的重擔變得輕省。於是每天早晨，我用讚美來迎接新的每一天，我學會了凝聚焦距，在這位最重要的創造主身上。不再為那些小工忙碌的汗流浹背，而忽視了主的豐富預備。

《聖經》馬太福音說：

「凡勞苦擔重擔的人，可以到我這裏來，我就使你得安息。」

天父是何等盼望祂所疼愛的兒女享受安息啊！

我的朋友，你是否也和我一樣，心中經常有著極重的壓力及負擔？全心仰望主，你會經歷到天父的豐富預備。

大地的豐富，其實正訴說著天父的慈愛，在祂那裏有源源不絕的供應。

蠟燭

喜歡室內有淡淡的香氣。燃起芳香蠟燭時，常會給我一些聯想。纖細的燭心，初點燃時，需要有些因素才會繼續燃燒。這讓我想起很多事情不也是如此？包括各種人際關係及工作態度。

蠟燭要燃燒，首先要有人去點火。

人與人之間的互動，常需要有人主動。主動的付諸行動之後，很多事情都會改觀。主動比被動需要更大的勇氣，但是，一旦你主動開始時，其實您已為自己開了一扇窗戶。於是您會比被動的人，擁有更多新鮮的微風。所以，請永遠都不要吝於主動的付出。

蠟燭要燃燒起來，不能沒有風。就好像要成就目標，不能沒有壓力。

在很安逸的環境中，總是不容易完成艱難的任務。因為人的本性就是喜好安逸。

風看似會吹熄蠟燭，但事實上，它是最好的助力。是幫助蠟燭燃燒不可缺少的因素。就像壓力好像是負面的字眼，但是，她事實上是幫助每個人成長的助力。所以不要害怕承受壓力與責任，因為這是磨練自己，發揮自己潛力的最佳機會。

一些聯想

曾經在一個下午，看到兩隻海鳥停在路邊交談。他們踩著輕快的步履，邊走邊聊，時而跳躍，時而踱步，時而停下的，十分聒噪的對話著。就像久未見面的好朋友，不期而遇時並急切地分享近況的情景。同時又像夫妻之間為著一件小事爭的面紅耳赤一般，誰也不讓誰。也像是兩個好事者，正在散播著同伴之間的謠言，企圖引起紛爭。所有的舉止好像人類一般。

他們的羽毛光鮮亮麗，黑白分明，梳理的十分整齊。我觀察著他們忙碌交談的樣子十分有趣，尖尖的鳥喙，因著交談迅速的一閉一合，一副口沫橫飛的樣子。他們擺動翅膀的模樣就像人們的手勢，好像試圖要說服對方什麼似的。正看得有趣時，一輛呼嘯而過的卡車奔馳過來，這兩隻海鳥受到驚嚇，就飛得高又遠了。

另外的一個下午，我去聽一場說明會。是一場關於投資的說明會。太多的數字讓我覺得疲累不堪，我對於數字一向遲鈍。這位演講者，是一位中年的英國紳士，中等壯碩的身材，西裝筆挺，光鮮亮麗，給人一種有稜有角的印象。他的灰白頭髮梳理的十分整齊，他在講台上，一邊做簡介一邊踱著步。來回不停的走著，並搭配著手勢，很有說服力的樣子。頗有優秀演員或者是政治家的架式。他忙著說話的嘴唇一閉一合的講著，一串串夾雜著數字的言語。突然間，有一種很熟悉的感覺，這情景好像在哪裏見過？細細回想，才憶起不久以前海鳥們的對話場景。

萬物是相近的。人性處處可見。

你有沒有注意到，身手矯健的豹在獵食野豬時，是專找落單軟弱的那一個？你有沒看過猛獸獵食到烏龜時，擊碎外殼，仔細舔噬鮮血時的貪婪狀？是一滴血也不放過的。當然我也見過母鳥呵護幼鳥的無限慈愛，猴子跟同伴分享椰果的歡樂情誼。同時我也見過最動人的做愛畫面，那是蛇兒纏綿捲曲，珍愛彼此每一吋肌膚的動人畫面。原來，人類不過是這個龐大舞台中，其中的一個角色。

就像每位畫家有其獨特畫風，每位寫作者有其特定筆調。每位服裝設計師有其揮不去的特定風格一般。那創造的源頭，是一種想法的最初衷，這是不容隱藏的。我因此深深相信，萬物的相通之處，其實正是因為我們源於同一位創造者。

這是我近日的一些領受。

山丘

因為愛，天空與大地緊緊擁抱

——泰戈爾

英國擁有無數高高低低的美麗山丘。看著這些如詩如畫的美景，讓我憶起年輕時閱讀過的一則美麗的傳說，那是流傳在中國西南滇緬地區的故事。那一帶充滿神秘的高山峻嶺，也許正因為如此，才會有這樣美麗的傳說。那是關於女媧造天地的故事，上帝給予人類任務，男人織天，女人織地。然後縫合起來成為天和地，完成時才發現，女人織出來的地遠遠大過於天，無法讓天地縫合密切。於是女人們將地適當的折折疊疊起來，也因此成就了山丘河谷的美景。

我一直很喜歡這個美麗的傳說。是一種相契和諧，互相體諒之美好。

人生的河流

我最近有很深的領悟，人生其實像一條河流。

你會在沿途河岸看到不同的風景，有些讓你印象深刻，難以忘懷，有些就像一縷輕煙，消逝得無蹤無影。但是這些的共通點是，都會成為過去。

我於是認為，每個人都應該全盤，且感恩的接受所有發生在他們生命中的事情。因為就像河流無法改變路徑一樣，所有的事情都是造物主預定的。

請問，河流可以選擇嚴峻的山嶺或是平坦的原野嗎？河流豈可以決定她要經過的城鎮或國家？

但是，請不要以為我是很消極的看待人生，反而我是很積極的。正因為這樣的思想，我認為每個人都要用心認真的品嚐人生。每個人都應該從容自在，心存平安的欣賞沿岸的各樣風光。

就如造物主為河流預備了沿途的風景一般，我相信仁慈的造物主，也同樣預備了每個人一生夠用的恩典。

蘋果的滋味

十月中旬的蘋果，剛從樹上採下的新鮮蘋果，味美形媚。不僅香脆可口，連紅紅亮亮的果皮也顯得極為嬌媚。這樣香脆的蘋果滋味，與一星期以前的微微青澀味道大不相同。

你難以想像，僅僅只是一週的時光差異。一週的陽光吸曬，一週的氣候吸納，不管是風和日麗，或是風吹雨打。總之，就是一週的光陰，造就了此刻這些成熟美味的果香。於是我再次看到時間的奇妙，時間的運行能量。

大部份時候，我們努力付出。但是其實很多時候，我們只需靜靜等候，讓時間自行運行，並成就美事。所以你有沒有發現，粗心草率沖泡出來的茶，總不及慢條斯理經營出來的茶香醇？這當中就是時間的妙用了。

一旦成熟了的蘋果，很快就會掉落滿地。逐漸凋零摔落的熟蘋果，好像字字句句的提醒人們：

把握當下
珍惜現在
享受生命

釀文學110　PG0802

出口

作　　者　張玉芸
責任編輯　林泰宏
圖文排版　楊尚蓁
封面設計　王嵩賀

出版策劃　釀出版
製作發行　秀威資訊科技股份有限公司
114 台北市內湖區瑞光路76巷65號1樓
電話：+886-2-2796-3638　傳真：+886-2-2796-1377
服務信箱：service@showwe.com.tw
http://www.showwe.com.tw
郵政劃撥　19563868　戶名：秀威資訊科技股份有限公司
展售門市　國家書店【松江門市】
104 台北市中山區松江路209號1樓
電話：+886-2-2518-0207　傳真：+886-2-2518-0778
網路訂購　秀威網路書店：http://www.bodbooks.com.tw
國家網路書店：http://www.govbooks.com.tw
法律顧問　毛國樑　律師
總 經 銷　聯合發行股份有限公司
231新北市新店區寶橋路235巷6弄6號4F
電話：+886-2-2917-8022　傳真：+886-2-2915-6275

出版日期　2012年9月　BOD一版
定　　價　390元

國家圖書館出版品預行編目

出口 / 張玉芸著. -- 一版. -- 臺北市：釀出版, 2012.09
面； 公分. -- (釀文學110 ; PG0802)
BOD版
ISBN 978-986-5976-56-9（平裝）

855 101014289

讀者回函卡

感謝您購買本書，為提升服務品質，請填妥以下資料，將讀者回函卡直接寄回或傳真本公司，收到您的寶貴意見後，我們會收藏記錄及檢討，謝謝！

如您需要了解本公司最新出版書目、購書優惠或企劃活動，歡迎您上網查詢或下載相關資料：http:// www.showwe.com.tw

您購買的書名：＿＿＿＿＿＿＿＿＿＿＿＿＿＿＿＿＿＿＿＿

出生日期：＿＿＿＿年＿＿＿＿月＿＿＿＿日

學歷：□高中（含）以下　□大專　□研究所（含）以上

職業：□製造業　□金融業　□資訊業　□軍警　□傳播業　□自由業
　　　□服務業　□公務員　□教職　□學生　□家管　□其它＿＿＿

購書地點：□網路書店　□實體書店　□書展　□郵購　□贈閱　□其他

您從何得知本書的消息？

□網路書店　□實體書店　□網路搜尋　□電子報　□書訊　□雜誌
□傳播媒體　□親友推薦　□網站推薦　□部落格　□其他＿＿＿＿

您對本書的評價：（請填代號　1.非常滿意　2.滿意　3.尚可　4.再改進）

封面設計＿＿　版面編排＿＿　內容＿＿　文／譯筆＿＿　價格＿＿

讀完書後您覺得：

□很有收穫　□有收穫　□收穫不多　□沒收穫

對我們的建議：＿＿＿＿＿＿＿＿＿＿＿＿＿＿＿＿＿＿＿＿

＿＿＿＿＿＿＿＿＿＿＿＿＿＿＿＿＿＿＿＿＿＿＿＿＿＿

＿＿＿＿＿＿＿＿＿＿＿＿＿＿＿＿＿＿＿＿＿＿＿＿＿＿

＿＿＿＿＿＿＿＿＿＿＿＿＿＿＿＿＿＿＿＿＿＿＿＿＿＿

請貼
郵票

11466
台北市內湖區瑞光路 76 巷 65 號 1 樓
秀威資訊科技股份有限公司 收
BOD 數位出版事業部

(請沿線對折寄回,謝謝!)

姓　名:________________ 年齡:________ 性別:□女 □男

郵遞區號:□□□□□

地　址:____

聯絡電話:(日)________________ (夜)________________

E-mail:____